流浪
巢間帶
徐禎苓
著

名家推薦

徐禎苓找的是房子，卻也看到了世間百態，租的是個空間，記下的則是人生因緣片刻。從她在臉書寫下每次找房的經歷，我就已是個讀者，總是沒有良心地在留言裡哈哈大笑，並不忘提醒：「可以寫成書了。」「下本書就寫這個題材吧？」同為城市租屋族，我完全能了解找房子的問題與痛苦，但要像禎苓這樣一波三折，真是少有。我有個感覺，這一切，都是為了成就她的書寫而生，都是為了這本書。對於所有城市的異鄉人來說，此書可說有酸有笑，有滋有味。不只是房間，是人間。——**阿潑**

從「公寓一條幽靈通道」到《流浪巢間帶》，我一直是作家徐禎苓租屋文的忠實讀者，快來感受她的文字迴旋踢！——**楊隸亞**

這是一本屬於臺灣的北漂情書。玲瓏心釀成作家筆，那些文字似指南也似迷霧物語。

穿越迂迴帶著汗氣的路，變成有溫度的料理與時間，蘊出了只屬於她自己的字、自己的房間。——**蔣亞妮**

目次

第二話　變身房東

獨白——遷徙

現在，房東太太ㄅ正陪我等候搬家公司到來。她雙手拄著拐杖，倚在雪白牆面，環顧房間。牆面全堆放一落一落大紙箱。她忽然脫口一句不搭嘎的話：「這個房間真的很大，住三個人都沒問題。」

除了衣服，那姿勢、話語與初次會面時一模一樣。

也不過半年前的事。我剛畢業，工作尚未著落，為了逃離老家，著急在北城找房。我估算收支，決定將租金壓在六千塊，六千塊只能租雅房。但住哪區好？朋友們力推中永和，大讚生活機能、地緣位置佳。我把租屋訊息抄寫下來，與房東預約看房。看起來不太難的事，我卻年過三十才第一次著手，以為租房要貨比三家慢慢想，但是心儀的房被其他人快狠準秒殺了，才驚覺這是一場競賽。偏偏我總是慢半拍，出社會是，連打電話給房東也是。

很快，我又碰壁。「呃，我們只租給學生喔」、「房客都二十幾歲，希望能找年紀相仿的」……。原來跨出校園、邁入三字頭，我再不是妹，是姊了。姊是年紀，是門檻，也是一種態度。姊應該舉止優雅，口齒犀利，洞悉心性，最極致者要有男人的肩膀，還有女人的風韻，總之姊無敵，姊霸氣。可很抱歉，我光有姊的年齡，靈魂還是妹，依舊迷茫、怯弱、不經世事，帶著這身時差感走進社會，已無法獲得任何憐憫與體諒，所到之處盡是嫌棄眼光：都姊了，怎麼會沒經濟能力負擔一間像樣的套房？都姊了，還裝什麼社會新鮮人？拜託，都幾歲了，不嫁人，好歹、好歹像個姊吧。究竟為什麼非要將人塞進那個框不可，我無解，可釐清原因之前，已快給姊弄死了。

我在租屋網上看到這間雅房，立刻撥電話給房東太太ㄅ。她迅速接起，特別交代怎麼從捷運站走到租賃處，不似其他房東頻頻審核身分。

翌日下午，我提早抵達。那是座老舊眷村，不到三米寬的巷道因停滿機車而變得更窒礙難行。我的視線往上延伸，樓叢露出一線天風景，難免侷促。

我在巷弄裡頭穿梭，行過之處，多少令那些坐在門前閒聊的老先生老太太多看兩眼。眷村住民大多遷離，空出的房修整後陸續出租，如剛剛在巷口看見的幾張租屋紅紙，訴說著老眷村的人事流轉。

趁著房東還未現身，我按著學校發的租屋手冊，環步觀察屋舍四周。路燈、監視器、滅火器，都在不遠處。過去有間幼稚園，再過去是派出所，往另頭走是便利商店，繞回來還有座小公園。感覺起來還算妥當。

重回房屋一樓，房東太太ㄅ正騎著四輪摩托車從遠方駛來，她見到我，一手托握龍頭把手，一手朝我揮晃幾下。停妥車子，她從腳下抽出拐杖，慢步走來。房東太太ㄅ五官深邃精緻，一邊柔聲問我路程，一邊開門領我進去。

進門即客廳與神明廳，擺設像極我的老家。沿著神明廳旁的樓梯來到三樓，這條路對房東太太頗不容易，她倚著拐杖吃力上樓，說已經好久沒到三樓了，以前三樓是小孩房，她的房間在二樓。租屋十年，小孩房早不是小孩房，它曾是鋼琴老師的房間，也曾是上班族的窩巢，來來去去。「這裡的房客都住十幾年了，」房東太太說，「住到結婚或換工作才搬。」畢竟租來的，總是別人的，無論住多久，終究不會住成自己的家。我只是幫忙照顧別人的家，讓家的感覺延續下去，到下一個人接棒。

三樓左右兩側各有一間房，共用一套浴廁。這透天厝格局數度召喚老家的形影，那個在我青春期後就離開的地方。內心怦然。租房有時候是租借家的記憶、想像，讓異鄉人有點依存感。

房東太太倚在雪白牆面，任我隨意看看，她特別介紹那間大房間，說：「真的很大，住三個人都沒問題。」

礙於預算，我當機立斷決定租小間的。按著經驗老到的朋友所示，先對房東灌迷湯——讚美房子，說明自己的喜歡程度，然後殺價。房東太太ㄉ愣了半晌，「這屋子是公公留給先生的，要回家和先生商量再答覆。」

兩天過去，沒有動靜。我等得焦躁不安，主動回撥。電話那頭房東太太ㄉ語露難為，轉述先生不同意，那間小的又恰巧被另個女生相中，而且人家沒有殺價。都說租屋是運氣，天時地利人和，忽然就遇上不錯的房，像樂透那樣；相對的，人也可能忽然被踢出房客名單外，比討厭一個人還乾脆。

我的語氣充滿失落，房東太太ㄉ聽出來了。隔天，她主動撥電話給我，問我願不願意接受大房間，她願意降價。

於是，那年冬天，我順利搬進這裡，開始新生活。

後來，我大概知道房東太太何以不把我當成姊，因為其他房的人才是不折不扣的姊，姊還有分長幼。長姊們身體力行教我：女人絕對要活出自己的品味與態勢。

她們穿戴菜市場買來的仿名牌衣物、不合時宜的妝與廉價香水，脫線的機車包冒出青菜和紫茄的頭，看我投射驚駭眼光，一律視同讚賞。無畏無懼更在浴室裡淋漓展現。裸身走動事小，反正女人的身體不過如此，大小胖瘦而已，麻煩是她們在浴廁裡動輒一兩個小時。有回我想上廁所，卻困在外頭，眼見肚腹越來越大，滿滿水意，我忍不住敲了浴廁門，請姊快些。她出來時面色極差，踱回房間，猛力甩上房門，窗戶、門板全驚得危顫顫。我踏進浴廁，地板格外濕滑。姊的精華，我領略三分。

狗屁倒灶的瑣事在耳邊嗡嗡鬧，鬧到後來竟把原本的喜歡一一驅趕。半年過去，租約到期，我決定離開。

搬家工人來回扛起大小不一箱子，才兩三趟已全身大汗，他抱怨：「小姐，你東西怎麼那麼多。」我面露羞愧，家當隨著年歲慢慢積累，長成家的血肉。三十歲的我開始有包袱、有家累，已非行囊輕簡的二十幾歲。二十幾歲的搬遷輕而易舉，不出一小時，身外物全數放進父親的小客車。這次搬家真的是搬走一個家，我耗費一個多月裝箱打包。不曉得是東西多，還是體力衰退，搬得傷神傷力。

記得姊們說過，東西多，每次搬家都惹一身痠痛，去掉半條命似的。貼辣椒膏嗎，又擔心味道太醒目，姊豈能有老味。也許，我們注意姊的光鮮，遠忽略那些遮掩的，正在萎謝。現在許多房東祭出年紀限定，年歲在租屋世界竟比婚姻市場還殘酷。年紀越大，越不易也不宜遷徙。移動是非常年輕人的事情。

沒多久，搬家工人已搬妥。房東太太ㄅ重新架好拐杖，隨我下樓。此時她的先生在門外，向鄰居介紹我：「她要去當大學教授囉。」像父親介紹自己的孩子。沒想到還有一刻我不是姊。

他把手上的綠茶遞給我，說：「原本要買給搬家先生，但他不喝，你幫忙一下。」房東先生竟周全地代我招呼搬家工人，他可以不必，但他做了。尚還驚喜房東先生的體貼之舉，他已拍著我的臂膀催促趕快上車：「快去吧，人家在等了。」

攀上卡車，從窗戶看外面的照後鏡，房東太太ㄅ與先生頻頻揮手，一直到卡車轉彎，再也看不見他們。

一路上，我握著那罐冰綠茶，如果這是祝福，在進入新家之前，只想好好握緊它。

第一話　房客獵奇記

List 1 數字是幻數

關於租屋公告上的坪數，很多時候，
數字是一種幻覺。

房東阿姨A的算數

剛出電梯，雙眼如飛蛾，撲向右方金黃光流，逆流回抵大門，房東阿姨A已候在門口。

在招呼聲裡，視線飛越人身，就著一方門框向內探，黃皮沙發、大理石餐桌，華麗擺設，彷彿樣品屋。

房東阿姨A要我換上備好的皮拖鞋。頭一低，鞋旁白瓷地板投影著花型玻璃吊燈，明明是白晝，客廳餐廳的電燈全數打開，天花板地面黃光交相映，亮如神背後的光芒，強勁得螫人眼目。

「來，我帶你去看廚房和房間。」

房東阿姨A沒有太多客套話，直接領我朝房屋邊角走去。行過長廊，抵達廚房與陽臺，這區塊太陽晒不進來，整個房子向暗黑的窟窿裡傾斜。而背過身，廚房旁邊就是出租的房間。

推開門，晦暗的世界裡幽幽飄出潮濕霉味。房東阿姨A拈亮燈泡，現出房間原形。只見正面迎來雙人床，床腳擱了一張書桌，才兩樣家具，空間已差不多填滿。我環顧房間，總覺得哪裡怪怪的，可始終說不上來。

房東阿姨A走到床邊，推開床頭上方的窗戶，指著裡面空間：「這裡是衣櫥。」我才恍然，那種怪怪的感覺正源於此。這間房擺不進衣櫥了，他們將後陽臺隔出一小區塊權充衣櫃。規格一改，房間便沒有窗戶。

其實這間房根本不到租屋網寫的七坪。

情況絕非孤例，很多房東不會估算坪數。

坊間說一坪約莫兩張榻榻米大，但現在不是家家戶戶都有榻榻米的年代，

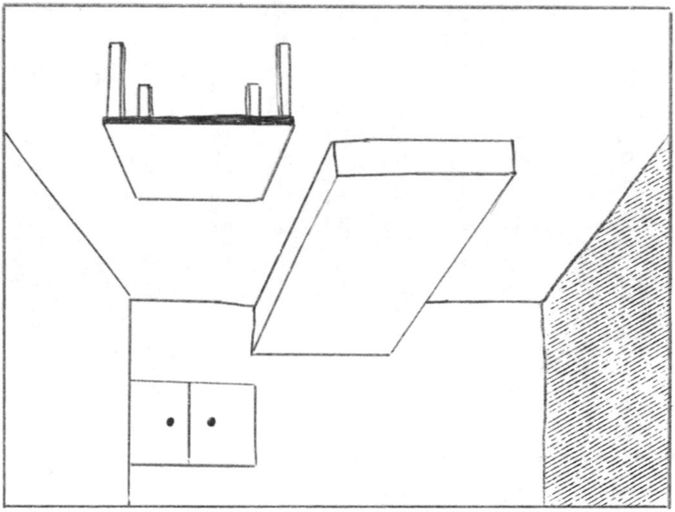

究竟榻榻米有多大，後來的我們概念缺乏。於是，那種估算方式古老得像遠祖時代的口傳故事，說話的人賦予微調的權利。明明才兩坪大的房間，房東卻能在租屋網上自行膨脹到七坪。

我再次向房東阿姨A確認房間坪數，她有點心虛，支吾其詞，最後承認租屋網上說的七坪，只是「感覺」。她對坪數毫無概念，不曉得一坪約莫一張雙人床。

瀏覽完房間，房東阿姨A重新領我回客廳。她倒了杯自己做的黑糖珍珠奶茶，態度忽然殷勤起來：「都自己做的，雖然沒有外面好喝，但絕對衛生。我的小孩很喜歡喝。」

她好奇問了我的學歷、工作、出生年次、哪裡人、家庭背景、有沒有男朋友，順勢將話題繞到自己身上。

「現在的年輕人不知道在想什麼，要嘛不婚，要嘛晚婚。唉呀，我知道你們書都讀很高，但人生也是要顧啊。」房東阿姨A的人生完全貼合時間表進行，高職畢業後到一間小公司當會計，二十餘歲結婚，婚後不久一雙兒女降生，她辭去工作，專心在家相夫教子，是極為資深的家庭主婦。

她的女兒比我長兩三歲，讀C大商學院，畢業後赴英國深造，現在英國的銀行上班，前年結婚，去年誕下一名小女娃。「所以啊，你也應該早點結婚生小孩，女人最大的幸福不就是有個家嗎？」我沒有回答，默默喝下一口珍珠奶茶。她接續談剛從臺大畢業、在科技業工作的兒子。「我好擔心他喔，現在沒有女朋友。」她也吞下一口奶茶，問：「你覺得味道還好嗎？」我點點頭。接下來的時間裡，我再沒有說話餘地，她開始細數兒子的性格、成長、求學經歷和工作。

等等，房東阿姨A，我是來看房，不是來相親的。

List 2 你要練功嗎？

舉凡租屋處位於老公寓五樓以上，
請大膽懷疑是頂樓加蓋。
要住頂加嗎？
如果你想練功的話。

頂加當頂樓的房東小姐B

穿越阡陌小巷，終於在密麻的樓房裡找到那棟老公寓。

房東小姐B用對講機幫我開了一樓大門，要我自行上五樓。樓梯間明亮乾淨，我沿著U型樓梯蝸牛般爬啊爬，經過各戶花俏的鐵門前，繼續爬啊爬，在四樓的盡頭，樓梯變成螺旋狀，繼續上去有一道已打開的鐵門。直覺告訴我：這應該是頂加。

「千萬不要住頂加。」所有住過頂加的朋友都這麼勸戒過我。

為什麼？

「你傻啊，冬天冰箱夏天烤箱。」

「雨天你就曉得了！雨滴大珠小珠落鐵皮蓋，嘈雜事小，漏水就麻煩了。」

「更別說颱風天，風咻咻咻地颳，房子幾乎快吹散。如果天外飛來莫名其妙的招牌、鐵架等物件，更慘。」

「嘿，說不定可以撿一撿賣給資源回收，賺點外快。」

「還是要看建材啦，不是所有頂加都那麼糟。」頂加租屋族急急跳出來辯駁。縱然如此，頂加還有個根本問題——違建，可能隨時慘遭拆除。

我從未看過頂樓加蓋的房子，即便租金低廉。直到遇見房東小姐B，才知道租屋網裡，有些房東會故意把頂加算成頂樓，以前老公寓大多蓋到四樓、五樓，疊算上去，房東通常會標誌成五樓或六樓。

房東小姐B的房真的是頂加。

寬闊的平臺搭了一幢白磚小屋，宛若從都市草原冒出的蒙古包。小屋外即晒臺，晒衣竿上披掛著長長短短的衣褲。

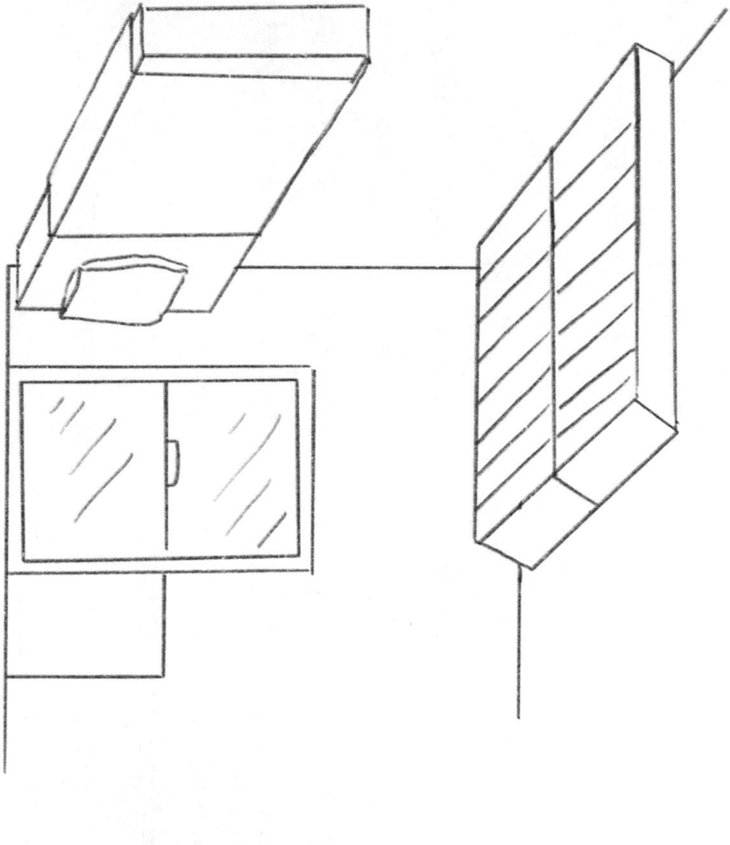

進門時，房東小姐B正與外傭奮力刷洗地板，兩人皆已汗濕。房東小姐B見我入門，用手背抹抹滿臉汗，招呼：「你先自己進來看看喔。」我小心翼翼跨過水桶走進去。那間屋子沒有客廳，公共空間窩在房屋中心，沒有窗沒有光，只有一小方冥暗的廚房及一間衛浴。

「這間房子我們住了二十多年，後來才搬走。」房東小姐B指了另個房間，「住那間房的小姐以前跟我們一塊兒住，也住十年了。」老房客，意味著這屋不差，所以留得久。

踏進待租的房間，約莫三坪大，左右兩大扇窗戶，四周沒有什麼大樓遮蔽，採光頗佳。房內還有兩個高高的書櫃，能收攏我的書，看起來不糟。可是，視覺上總覺得房間缺少什麼。房東小姐B說：「這裡的頂加很通風，不用開冷氣也不會覺得很熱。」對！這間房根本沒有裝冷氣，所以冷氣孔沒有遮光，整間房特別明亮。

我問房東小姐Ｂ遷離此屋有多久。她低頭想了想：「將近十年。」十年前，十年後，臺北夏日已換了一副面孔，炎熱感張牙舞爪攀附整座城，熱氣蒸得人車馬路暈暈晃晃。

眼見房東小姐Ｂ涔涔汗水，我相信沒有冷氣的日子，不出三年五載應能練成少林寺十八銅人吧。

List 3 包水包電

房租通通包，可能是一種話術。

佛心來的房東太太C

在寸土寸金的臺北租屋，有時也會遇到佛心房東，不僅房租便宜，租金還包水包電包瓦斯包網路。譬如房東太太C。

房東太太C的房子位在大片灰泥基調的老公寓叢裡，我一邊找門牌，一邊賞老公寓叢的陽臺。立在一樓看天上飛濺出的綠色瀑布，綠蔭上開著紅粉、鵝黃、紫羅蘭色的花瓣，水泥灰不再單調，而成了稱職的背景，烘托鮮麗的植物。

房東太太請我先在一樓大門前等候。百無聊賴之際，我從矮籬笆窺看裡面，那是精心裝潢過的家，小庭院內有座白色葡萄藤架，架旁還有一方小魚池。唰——，紗門被匆匆推開，從裡頭蹦出穿桃紅上衣、頭別鯊魚夾的婦人。我迅速移開視線，擔心被誤認為虎視眈眈的竊賊。

「你是來看房的嗎？」

那位桃紅衣婦人發出聲音，原來是房東太太C。

她都看到了呀，我順勢稱讚那雅致的庭園，房東太太C一臉得意：「上個月才裝潢好的！」

四十年前，她與先生買下公寓的一樓和三樓，三樓本要給兒子住，但兒子婚後另買新房，空出的老屋重新隔間，出租。

她領我爬上三樓，來到鐵門前。那是非常老式的紅漆鐵門，鑰匙輕轉，門便自動滑開。「這個門太老，已經鬆脫，關門要注意。」她叮嚀完，轉身將鐵門闔上，手又用力壓了幾下，確保門真的緊閉。「不換新的嗎？」「還能湊合用，為什麼要浪費錢？」我啞口。

只見鐵門銜著一條細窄走廊，通到底，正對另一道門，門後是待租的房間。

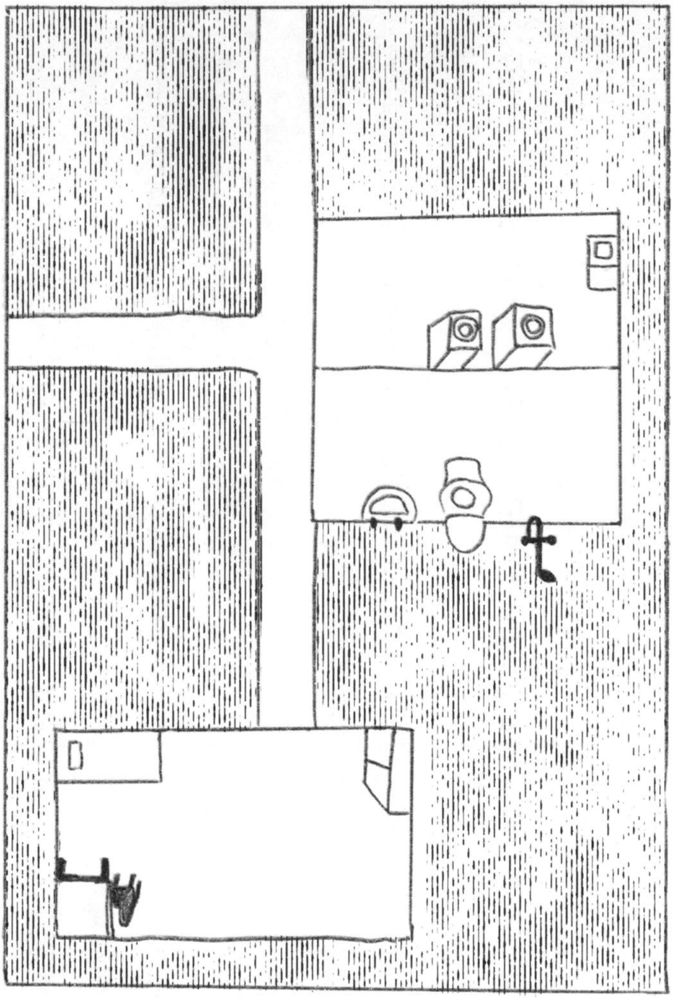

房東太太C沒有直接帶我進那間房，而是打開距離鐵門只有五步之遙、左側方的木門。房間裡經年累月亮著一盞黃燈泡，唯一的窗戶雖大，卻被另座公寓的牆壁遮蔽，一絲陽光也滲透不了。孤燈下有飲水機、洗衣機和小臺電冰箱，冰箱旁還有個門，連接坪數頗大的浴廁。參觀這間屋子就像開俄羅斯娃娃，一個門套住另個門。

終於我們來到走廊末，門開，光線從四面八方湧來。這間房的窗戶環了兩面牆。風來，窗簾一蓬一蓬鼓脹起來。拋光磨石子地板，老式木頭辦公桌，一張滾輪辦公椅，木頭單人床板，和一個布面衣櫥，空間仍闊綽，若再塞入另一套單人家具配備也不成問題。房東太太C手指衣櫥上的老式窗型冷氣，說：「冷氣電費另外算，一度五塊。」

這間屋子被隔出五個房間，夏天每間房都開冷氣的話，確實耗電，若超過某個額度，一度電的費用也不便宜，超過五塊是常有的事。無怪乎有些房東會以一度五到七塊不等來計算電費，貴，但能理解。

繞室一圈，房東太太C問我有沒有什麼問題，要不要再重看哪些地方？不曉得哪根筋不對，我沒有如以往走回房間瀏覽細節，而是轉到一開始看的公共空間。

我才注意到那臺洗衣機上面貼了張告示：「洗衣請投二十元，否則機器不會運轉。洗一次六十分鐘」。什麼!?不是包水嗎？我轉頭看房東太太F，語氣硬了起來：「所以，包水只有洗澡水和飲用水!?」她的黑眼珠飄往他方，聲音軟弱下來：「對喔，我們洗衣服要另外投幣。」原來她寫「租金水電瓦斯全包」是有條件的。

房東太太C真的很摳。

List 4 走錯房看錯屋

男女合住，也可能是話術。

看這類房，最好有人陪。

房東伯伯D的話術

那是真的。

有個單身女孩住在男女合租的公寓裡，室友們相處融洽，遇事也會互相照應，那是多麼令人羨慕的租處。有天，其中一名男室友趁著其他人不在，強暴了那個單身女孩。

聽完故事後幾天，我收到另個消息。朋友ㄏ加班完返回租處，在樓梯間遇到鄰居男子，朋友不疑有他差肩而過準備上樓，男子忽然伸出一手摀住朋友的嘴巴，空出的另一隻手竟開始強行脫下朋友的褲子。她奮力掙脫，尖聲狂叫。忽然樓下傳來開門聲，驚動了那位男子，男子機警收手，往樓上奔逃，不知道開了哪戶大門，喀啦一響，門關，人消失。朋友ㄏ嚇得一週不敢出門。

也許是時間太近，兩個故事很快在腦海雙生、互滲，滋長成巨大黑影。等到開始租屋，那個黑影出其不備襲來，我怕極了，不敢租男女混住的房子。因此，當房東伯伯D在電話那頭告訴我：這裡的房客有男有女，我割棄得毫無留念，不管那間屋的地理位置有多好、租金有多廉價。

偶然與同事們談起此事，同事一號說：「只要確保不跟男生共用一間衛浴，應該還好吧？我住的地方出入也有男有女。」同事二號也附議：「對啊，還好啦。錯開樓層就好啊。我之前也跟男生共住一層，都沒事。」腦中頓時跑馬燈那間房的優點，好吧，姑且去看看吧。

我們約在永康街末段，房東伯伯D踩著老舊腳踏車出現，我跟著他的車走，不到一分鐘，他家就到了。

「這棟樓是我父親蓋的，兄弟一人一層，老了有個照應。想不到父親過世後，大家陸續遷出，剩我。」房東伯伯D邊領我上樓，邊感嘆。也許，所有出租的房都有個被棄的理由。

這幢樓面積極大，前三分之一是旋轉樓梯，上頭還有天井，採光極佳；後三分之二是家庭式公寓。「你看那裡，」房東伯伯D指著樓梯旁邊一小塊方形空間，「原本我父親想我們如果老了，不方便走樓梯，就蓋個電梯，空間都已經留好。」只是沒料到電梯還沒蓋，兄弟已離散，空屋給了租客。不是自己人，便不費心蓋電梯，租客如螻蟻，會任勞爬樓梯的。

房東伯伯D出身眷村，退休前是軍人。知道我來自新竹，分享了幾則新竹空軍基地的故事。聊著聊著，還沒感覺腳痠，人已抵達五樓。

這間屋子雖被圈在公寓群裡，通風採光絲毫未受影響，只是屋齡高，牆壁白漆已斑駁發霉。客廳裡長條藤椅鋪蓋霧面塑膠布，布上積聚灰塵。「我太太一直勸我裝潢屋子，說人家不會想租，但我不肯，還堪用嘛！」堪不堪用不是問題，問題是房東們經常忘記租客的心理，大部分的人可以接受素樸，體諒簡樸，但絕少能與老態龍鍾的屋舍妥協。

跨入那間待租的套房，床板、木桌、衣櫃也全罩上霧面塑膠布，房東伯伯D拉開塑膠布，透出底下老舊磨損的家具。「你不要看這舊舊的，很耐用喔。」我越來越不懂耐用是真的？還是屋主對老東西過分依戀，捨不得丟棄？抑或是貪圖省錢，罔顧租客的權益？

我默默轉往浴室。這間浴室沒有窗戶，卻有兩扇門，一扇接房間，一扇往餐廳。「所以洗澡上廁所要鎖兩個門？」房東伯伯D幾乎以膝反射的速度回答：「你不覺得可以通兩處，很方便嗎？」洗澡上廁所需要這種方便嗎？

「我們去廚房，」房東先生一臉得意，說：「我很喜歡那裡。」廚房頗大，瓦斯爐臺壓了一口鍋蓋焦黑的大同電鍋，流理臺骯髒油膩，牆邊堆放久未使用的鍋碗瓢盆。見我面露呆滯，他問：「你不覺得有光又通風，很好嗎？」確實，廚房是房子最通風的地方，特別當我們哪裡也無法坐的時候，能站在涼涼的廚房談話，大概真的很好吧。

我按例詢問另外兩間房客的來歷。「你放心，我很會看人，」房東伯伯D笑了笑，「這間是學生，那間是上班族。」「他們都是女生嗎？」他頓了一下：「唉呀，現在喔，不管租給男生還女生，他們都會把男女朋友帶回來，沒差啦！」什麼意思？我繼續追問：「撇除那些，真正住在這裡的房客是男生還是女生？」「都是男生。呵呵呵呵呵……」他總算願意說真話。

呵呵呵呵呵，房東伯伯D，你已經在我的腦海劇場裡被飛踢成豬頭了。

房東大姊E的「善良」

同樣地處臺北市，那間房硬生生被排擠在交通發達的地段外。鄰近沒有捷運，公車班次也少，距離公車站還得走上一段長路才能抵達。

那是電梯大樓，出入口位居中醫診所隔壁。推開一樓玻璃大門，電梯口設有警衛室。便衣中年男子坐在櫃檯，沉醉報紙裡，來者是誰一概不予理會，只顧低頭。我在他面前撥了電話給房東大姊E。三分鐘後，房東大姊E從隔壁的中醫診所走出來。

房東大姊E是診所員工，剛處理完事務，抓緊時間帶看房子。她領我搭電梯，趁空簡單介紹住在裡頭七位房客的職業，須與不浪費時間。

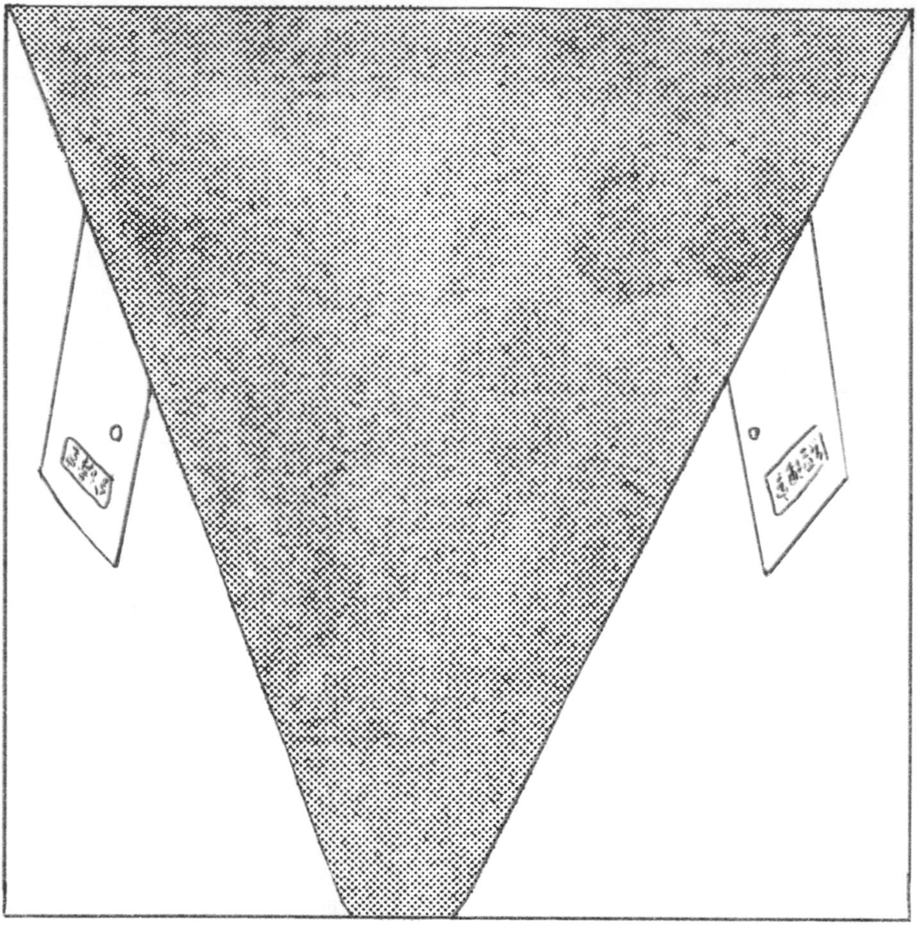

電梯門開，我傻住了。那間公寓的門不似一般住家鐵門，而是如大樓緊急逃生口的巨型鐵門，必須向右拉開門栓，再往內推。門開，就著昏黃燈泡，那是間坪數極大的房。入門處堆疊大型紙箱，幾步路竟藏有一座送貨電梯，通往哪？我沒多問，只覺謎一樣的地方。房間以電梯為中心，散在周邊。論隔間、論格局都非比尋常，這根本不是一般家庭公寓。

「我們有三間衛浴，全是乾濕分離，房客都保持得很乾淨。」

房東大姊E打開浴室門，毛胚屋浴室因為乾淨，反而別有工業風。

當我在腦中升起「好險，沒那麼糟嘛」的安慰詞語時，將萬萬沒想到，浴室會是整個房子最像樣的地方。在接下來看到的使用空間，簡直荒腔走板。

離開浴室，我們繼續往深處走，來到廚房。廚房與浴室差不多大，牆面貼著一臺同路邊攤、快炒店的鋁製瓦斯爐和抽風機，上頭已焦黑積垢。房東大姊E看我一陣沉默，笑說：「我知道現在年輕人都外食，不煮飯了。」很快推薦周邊幾間餐館。

我只是點著頭，那些店名沒有進入腦子便輕輕飄離。廚房門一關，人才慢慢回神：剛剛那是住家廚房嗎？怎麼回事？

我們繼續走在晦暗無光的廊道，穿到陽臺。約莫一坪大的陽臺，架著一根晒衣桿，桿上都是男人的衣物。我問房東大姊E這七間房客的性別，她說：「男女都有。」有了房東伯伯D的經驗，我對這句話戒慎恐懼。

環顧一圈，我特別留意房客們擱置門外的鞋架，全都是男生的鞋子。現在懂了，「男女都有」是一種話術，若我搬進來，正好坐實男女都有；若否，這裡就是男生宿舍。

跨過陽臺，另一側是成排房間。房東大姊E打開走廊電燈，每間房門口都貼著大大的牌子，金黃底黑字依序寫著「董事長室」、「經理室」、「會議室」……。把辦公室當成雅房出租?!

要快點脫身！微小念頭在心中發光。我不再細看，佯裝趕時間的模樣，房東大姊E是個細察秋毫的人，也加快速度領我回返大門。走到一半，暗黑廊道突然竄出一個上身全裸的男人，他喊住房東大姊E，迅速交了東西到她手裡就躲回房間。房東大姊E說：「這人年初搬來，一次繳清半年租金，半年到，他要動身去東南亞工作了。你看，租我們這裡的人都有很好的發展。」

離開公寓，我們在電梯前，頂上日光燈雖不明亮，卻足夠讓我看清那人交給她的，是一張健保卡。為什麼要交健保卡？那麼私人的物品。我沒多問。

電梯抵達一樓，房東大姊E幫我開了大門，脫口一句讓我若有所思的話：「這裡的人都很善良。」為什麼要說這句話？她察覺到什麼嗎？

我故作不懂，擠出微笑，點點頭。

返回燦亮的陽光下，我忽然不知道什麼叫善良了。

List 5 一起住嗎？

要和房東住嗎？

嗯……那得看房東是誰。

房東阿姨F的冰與火

我曾經和房東同住過。

那時候學校宿舍進行暑假整修，我們被迫遷出，自覓短期租賃處。我的隔壁寢鄰居，一位高職老師，職場工作好多年，剛在文山區置產。她邀我一塊兒入新厝，租賃兩個月，意思意思收兩千塊租金。

距離搬遷時間的前一個月，每天晚上我們從宿舍拖著小行李箱散步到新居，東西一點一點運，空屋慢慢積累起衣物、書本時，「家」的感覺步步建立。兩人開始萬般期待新生活，想著怎麼活絡新居，在陽臺種花，買小飾品擺設客廳……。

住進去後，我們慢慢發現生活上充滿各種歧異，價值觀不盡相同。每遇到爭執——那些爭執雞毛蒜皮到回家時間不能超過十一點、出入家裡要報備、使用完浴室要開電風扇等等，她忽然不是朋友，變身成房東、老師或家長，到後來我只好摸摸鼻子，畢竟這家是她的，我是過客。和房東一起住，原本對等的朋友關係立刻傾斜。

那兩個月我過得戰戰兢兢，夜夜失眠，從此拒斥與房東同住。

友人告訴我另種情況，也依然棘手。她的房東三不五時會來租屋處，假裝至倉庫取東西，實則像教官檢查房客的空間。「我只是把行李箱放客廳，房東太太竟敲我房門，要我把行李箱放進房間，」朋友抱怨，「只要有東西放在公共區久一點，房東太太就會以為東西不要，擅自拿去丟掉。都已經繳房租給她，就意味著我承租這個空間，憑什麼一直來打擾。以後租房，我都會請房東在合約上寫：絕對不可以進來租屋處，除非房客同意。且來家裡必須提前一天告知。」其實過多干涉暗示著房東的不信任，越不信任，就越想插手管控，但是手一探入，房客機警察覺，多次力爭無效，房客只得搬離。

為了讓房子的選項增多，房東來家裡這件事我勉強能接受，若與房東同住，我寧可露宿。所幸房東阿姨F的房子屬於前者。

房東阿姨F非常熱心，擔心我不曉得路，特意相約捷運站，親自騎摩托車載我到出租公寓。她邊騎邊介紹環境。車子在麥管似的巷道裡彎拐再彎拐，路越騎越窄，最後停在小巷道內。下車時，我完全不記得到底怎麼來。

隨房東阿姨F爬上四樓，她打開紅漆鐵門，入眼簾的是前陽臺，這似乎是永和老公寓的特色，門一開即陽臺。那長廊上擺了幾個黑塑膠鞋架，架上清一色三吋以上的高跟鞋，其中一雙灑滿亮片；地面則散落男人的皮鞋、運動鞋與拖鞋。

推開紗門，客廳坐了一位長髮女孩，臉上頂著濃妝，臉下不相襯地搭了一套普通家居服，她先傻眼後傻笑地看著我們。房東阿姨F介紹：「這是我媳婦。」

話剛說完，一臉孩子氣的男人身穿卡通睡衣，從房間走出。「這是我兒子。」兒子的表情霎時呆愣。他們的神情似乎在說母親沒有通知便擅自帶人來家裡看房。

不知房東阿姨F是刻意忽略兒媳兩人的尷尬，還是沒有察覺，僅一逕穿過他倆，走到小女兒房間。

「這裡是我們以前的家。我租兒子媳婦一間，一間當倉庫，現在還空出一間，原本是我小女兒的，但她去美國了，我們想了很久，決定出租。」我聽出話裡的不捨，女兒離家遙遠，作為母親，或許希望為她保留一個永遠可以回來的地方，可最後是什麼原因讓房東阿姨F妥協呢？我沒問。

這間房安了加高的木地板，即使久無人居，門一開，沒有霉味，光線從窗戶射入，打在雙人床上幾隻布娃娃的米白臉蛋。「這房間有兩扇窗戶，一扇對外，一扇對後陽臺，很通風。」然而，窗簾只做了一對，面對後陽臺的窗戶沒有窗簾，這樣換衣服會被看光？

撇除窗簾，房間家具完好，沒有磨損破舊，感覺有人長期維持著，彷彿女兒隨時回來就隨時能使用。在那空間裡，我看到一個母親對女兒的疼愛。「你看看還缺什麼，阿姨都可以補給你。」房東阿姨F待我甚好。

接著她領我環顧整間房，電器、廚具通通俱全，唯獨令我介意的是三間房共用一間衛浴。「你放心，不管怎麼樣都是你先用。」房東阿姨F拍了他兒子的肩頭，擅自給出承諾。

「你真的可以放心。我也常常來這裡，帶食物給我兒子媳婦，我會一視同仁。把你當女兒一樣疼。」聽在耳裡，怎麼感覺像媳婦進門，公婆打的一劑強心針。末了，她補充：「我媳婦什麼都不懂，你們高學歷一定懂很多，可以教她，或者多和她聊聊。」

雖然房東阿姨F很熱情，可是不知道此話是故意還是大意，她壓根沒看到，那媳婦聽完這番話後，臉色變得多陰黑。

聊天魔人房東阿媽G

夏季看房最怕遇上颱風，預約好的時間被強風暴雨硬生生攔腰截斷。無法出門看房，不意味能賺取片刻悠閒，反而把騰出的餘裕轉成更細密的前置作業，加緊在各大租屋網地毯式搜尋。

我有個壞毛病，很害怕也不喜歡跟陌生人講電話，每次都要事前演練開頭的話語內容，連按下電話號碼都十分緊張。撥了幾通電話出去，大抵順利，竟在第N通電話上遇到非常會聊天的房東。房東阿媽G大概是目前遇到在電話上聊最久的，起碼超過半小時。

電話接通，我顫顫說明來歷，房東阿媽G聽到「租屋」二字後非常開心，兀自在電話那頭燃響鞭炮：「住到我們家算你福氣。我們這棟住的全都是名人，有四個醫生，還有好多教授。之前臺北大停電，行政院都停了，就我們這棟還有電。得天獨厚……」她繼續介紹，「我家門口樹好高好大，晚上看出去，月亮就在樹的上面，好漂亮。」嗯，我沒準備好在電話上聊得那麼詳細，卻又完全找不到空隙阻止她，只能看著手機上的通話時間越來越長，忍不住擔心起手機費會超出。

話鋒一轉，她問起我的工作、學歷，知道我讀中文，立刻轉為憂慮的語氣，問：「你們中文系除了當老師，還能做什麼？我女兒念D大華文系，好擔心她的出路喔。我現在每天都幫她念佛，認真做義工，幫她積德。」

作為一個還在流浪的大學兼任教師，其實自己也十分擔心。當前世界不如林文月筆下《讀中文系的人》的美好年代，傳統來到現在似乎到了需要革新的時刻。偏偏研究所培育多年的思辨能力、教育專業，面對學生人數歷年驟減，大學院校合併、退場，終究來到了窄門前。要過窄門，必經嚴苛篩選。難道無法突破？轉職？倒也不是不行，但業界經歷夠嗎？不留學界，好像將前程習得的寫論文績效通通廢棄，內心莫名不甘心。猶豫著，蹉跎著，一年過去了。

幾年前中文學界開始出現反思：「能夠讓中文系介入臺灣社會的專業是什麼？」但目前仍只是紙面上的思考，真正落實者幾兮。我當然沒有把焦慮加諸在房東阿媽G身上，否則她做的義工時間大概要更長。「別擔心啦，培養一技之長，一定有工作的。」我說出這句大而無當的廢話，倒安撫了她。

我瞄一眼時鐘，三十分鐘不動聲色地飛離，可什麼租賃細節都沒問到，房東阿媽G又把話題重回一開始那群黃金陣容——她的鄰居：「噢，我跟你講，有錢人都超怕死。我們頂樓水塔三個月就洗一次，非常乾淨。治安也非常好。我有時候運動很晚回來，也都很OK。基本上我也不太干涉房客，他們要做什麼多晚回來都行。」

房東阿媽G似乎搞混了健康活著與怕死並非一回事，但那不是重點，重點是話語裡有個關鍵。這是目前為止，我問她的唯一問題：「住在那裡的室友們有誰？」

「就我啊！」

我不想租了。

List 6 緣分哪

租屋是種緣分，就跟愛情一樣。

變鳳凰的房東小姐H

眼見租約大限將至，內心焦慮不安。朋友知曉我苦於尋屋，留言加油，老實說我不知道怎麼加油，因為看房是種緣分，跟婚戀一樣，不是單方面努力即能獲得同等報償。

既然如此，我先晒晒別人變鳳凰的故事。

那間房位在萬華果菜市場附近。我坐在公車上，搖搖晃晃經過大半個臺北，抵達時整輛車只剩下司機和我。

公車門開，市場氣味凶狠地襲來。迎面的還有從河濱公園吹來的風，不到五步路，頭髮拂亂，陽傘颳爆，長裙翻掀，我必須一邊壓下飛揚的裙襬，一邊查看手機地圖，一邊提防路邊那個緊盯裙襬的伯伯。

走進巷底，爬上五樓。房東小姐H非常熱情，體貼詢問怎麼來、距離上班處是否方便……，她帶我拾級海螺狀的旋轉樓梯，抵達六樓。原來屋主買下五樓後，又在樓上搭了一層頂加，上下打通，連成樓中樓，讓人以為是窩巢的一部分，忘記頂加的存在。

六樓有兩間房、一間浴廁，房間旁有一小塊晒衣陽臺。午後兩點，陽光把晒臺照得白花花的。「這裡晒衣服很快就乾了。」房東小姐H還沒說完，已經伸手把陽臺門關上。怕晒嗎？還是？我只能就著門上的玻璃窗貪看幾秒陽臺光景，隨著她走到隔壁房間。

待租的房間約莫兩坪，儘管空間小，因裝潢過而收納極佳。不過，也因為裝潢，讓原本偏低的天花板變得更低，立在屋簷下，有股要頂到天花板的錯覺。壓迫感，是照片沒拍出來的。

房東小姐H看出我的顧忌，拿出手機，秀了幾張照片，說：「這是我接下來要去住的地方，在景安站那區。房子裝潢得非常漂亮。樓下有游泳池、健身房、籃球場，不用追垃圾車，有警衛幫忙收信。屋主是集團高官，人很好，會幫我們付管理費。你有興趣嗎？」

照片裡的房間也約莫兩坪，但收納空間比這房更好。重點是高官的房子還有一整面像圖書館那種雙排滑動的大櫃子，茶色木頭，金色鑲滾，遠比圖書館高級。「你的書可以放在那裡。」簡直是恩賜！我想像書本放進櫃子裡的模樣，第一層放上海圖錄、第二層放張愛玲全集、第三層放……，啣著美夢，我的嘴角毫不遮掩地上揚。

房東小姐H說：「室友們是我的高中同學。」他們畢業後沒有返鄉，全待在臺北工作，一夥人合力租下公寓，平攤租金。「我們算過了，租一層比租套房還要便宜。」而且異地生活有人互相照應，下班後閨密們相伴，即使挫敗疲累，一切也不那麼糟。

其實我也曾渴望找三五好友一起租屋，但隨著年齡變化，好友們陸續邁入人生新階段，我看著她們背影，挽住另一個人的手，找到自己的家，然後陸續遷離北城。獨剩我。

「室友們有男有女，但他們都是好人，也是C大畢業。」等等，房東小姐H，你怎麼知道我的背景？「喔，我有事先google你呀。」我感覺不自在，被人知道個資，而我卻對對方一無所知。

不自在是一回事，想起那面豪華書櫃，我還是答應去看房東小姐H的新家。

我們各自出發，相約新家門口碰頭。半個鐘頭後，我抵達景安站，穿過人車鼎沸的馬路，行過修車廠、土地公廟，再爬一座小斜坡，內心都要起疑是不是走錯路時，眼前豁然開朗，這區竟起了幾座高級社區，盡是華麗大廈。沒多久，房東小姐H出現了。

她帶我從地下室進入。那裡的停車場是汽車目錄的實體版，一臺比一臺昂貴，一輛比一輛新。往深處走，健身房、閱覽室、籃球場窩踞在停車場另一端。爬上一樓，高樓中央是氣派的中庭，草木扶疏，走到底是游泳池，暑期還有游泳教練開班授課，住戶費用全免。我與房東小姐H趴在欄杆上，望著泳池驚嘆。

步出電梯，獨層獨戶，門旁是優雅的深棕色木頭鞋櫃，櫃旁連著一張小沙發椅，讓人坐著脫鞋。房東小姐H打開大門，正對著玄關櫃。我們的眼眸裡倒映著歐風壁燈、大理石收納櫃，櫃上還有一尊小天使雕像，真以為自己踏進中古世紀的城堡。

她帶我瀏覽整間屋子，頂天立地的大型收納櫃、按摩沙發椅、鑲金酒櫥、大理石餐桌……，面對奢華，我們全都拘謹起來，連開櫃子都特別小心翼翼。

房東小姐H指了指空出的房間，那是四個房間中最小的，房間窗戶正對晒衣陽臺，光線進不來，晒衣濕氣倒灌。難怪價格不到七千。

唉，這就是沒緣分，我進不了豪門。

list 7 別再提「開伙」

不能問房東：「有沒有開伙」，
要講「能不能使用瓦斯爐」。

房東I和J的開伙定義

煮飯的人想在臺北租到一處能開伙的房，其實頗具難度。房東們多半擔心房客使用不當，導致失火、瓦斯外洩，徒添困擾，乾脆一開始就防範未然——不提供瓦斯爐。在一片侷限裡尋尋覓覓，終於找到房東小姐I的家。

依約到了公寓樓下，房東小姐I騎著腳踏車、頭戴大草帽，一派悠閒出現。她不是真正的房東，是私人房仲公司，代房東處理租屋事宜，坦白說這類仲介令我卻步，難免擔心中間被抽成、剝削。不過這畢竟是確定租房後才要面對的，先看完房子再說吧。

房東小姐I領我上樓。門開，客廳堆滿雜物，穿過雜物，來到準備出租的房間。那空間僅容得下一張單人床、一個衣櫥、兩個三層櫃，幾乎沒有容人移動的空間。臺北房子偏小，房間幾乎不大，就算大，也往往隔成兩間出租，有時連窗都硬生生隔絕兩半。所幸這房有完整的對外窗，窗外幾株大樹，濃密綠蔭遮掩陽光。「這裡很清幽。」房東小姐I見我頻頻望向窗外，料應猜測我愛植物、喜清幽，她不知道我的好奇：往來古亭多回，怎麼不曾留意這條街有一處小花圃。

古亭的老屋捱得緊密，儘管有窗，風透不進來，室內燜熱。房東小姐I引我到整間屋子相對涼爽的廚房。

這是再普通不過的家庭式廚房，灶臺旁邊有兩個大木櫃，每個隔層被貼上不同顏色的記號貼紙，那些顏色代表不同房客的擺放位置，譬如第一個房間是黃色，那麼東西只能擺在貼有黃色貼紙那層，不能越界亂擺。

環顧四周，廚房幾乎被木櫃占滿，連瓦斯爐臺上都放了東西。我問房東小姐I：「能開伙嗎？」她說：「喔，我們有提供小電鍋。」「能使用瓦斯爐嗎？」「不行耶，但有房客自備電晶爐。大概煮個泡麵還行。」又見小冰箱上置放了飲水機，問：「這飲水機是公用的嗎？」「不是喔，你看飲水機後面有貼貼紙。」噢，真的。但是不能用瓦斯爐，又沒有飲水機，我要怎麼燒熱水？房東小姐I不慌不忙地答：「我可以借你快煮壺，是全新的百貨公司贈品。」

開伙的定義到底是什麼？

我不明白。

⊘⊘

有了前此之見，這回在求租電話上，我再三確認廚房開伙之事，房東太太J掛保證，「目前的房客三不五時也會煮東西吃。」太好了，立刻約妥時間。

按址來到住宅。這幢透天厝一樓是餐飲業，住戶進出從旁邊的小長廊進出。房東太太J帶我上樓，二樓以上出租處已被重新隔間成宿舍。待租的房間破舊不堪，與租屋網上的照片不太一樣。

房東太太J沒有忘記我問她開伙的事情。她帶我到廚房，一處L形平臺上擱置兩口老電鍋和一堆雜物。我問：「所以不能開伙？」她的語調拉高，說：「可以開伙啊！你可以用電鍋煮東西。」不是吧，開伙的意思不是指瓦斯爐嗎？開伙，真的火，ㄏㄨㄛˇ，Fire。電鍋能炒菜？

「喔，我們不能開伙。」房東太太J終於確認了。

現在知道，以後不能使用「開伙」這個詞，要講「瓦斯爐」。

List 8 把我熱得

夏日看房，
才知道屋子耐不耐人住。

房東小姐K的看屋配備

出了大橋頭站，趄進一條平凡不過的巷道裡，怎麼就闖進日治、或是更早之前的清朝。四下沒有高樓，全是傳統磚瓦厝。信步其間，整條街杳無人煙，可現在不過晚上六七點。

我來大稻埕幾回，每次都只逛永樂市場那帶，月老廟、中藥行、文創商店與咖啡廳，步行至迪化街中段便離開。知道那區存留閩式古早厝，但印象稀微。這回獨自走，昏黃路燈打在老厝上，我細細盯著發亮的地方，有些是閩南建築，有些是小洋樓，有些樓房修整變成咖啡館，有些被怪手拆卸一半，赭紅磚瓦生出了青苔。漫漫長路走來無懼無累，截然沒有房東小姐K在租屋網上po出的介紹詞——歷史建築有點可怕。

建築物根本不可怕，可怕的是，我在紛亂的巷弄裡丟失方向，google 地圖不知怎麼引導的，我被套牢在老屋堆裡。眼見相約時間告急，我傳訊給房東小姐K，她自願前來帶我。

房東小姐K在醫院工作，除了偶爾需要值夜班，平日朝九晚五，生活規律，不菸不酒，沒有不良嗜好。她去年開始租住大稻埕，慢慢喜歡上這自成一格的異質地區。她特愛味美價廉的小吃攤，一碗米粉湯、一顆肉包，讓她想起國境之南的家鄉，說是臺北其他地方難以企及的。

我們走回租屋處。開門，一股熱浪——真的是浪——打在身上，衣服立刻濡濕，房東小姐K的淺灰 T-shirt 已經深了起碼一個色階。她轉身從櫃子掏出一把塑膠扇，遞給我：「這是看屋配備。」我忍不住笑出來，一手搧起扇子，一手接過冰開水，在仰頭乾杯時，看到頭上冷氣機，白色面板秀出一組懾人的螢光綠數字：三十四。

這是間樓中樓，裝潢過，客廳與廚房有極佳的收納櫃。樓梯左方是浴室，內有扇偌大窗戶，低至腰部，使其通風不致潮濕。從窗戶放眼望出去，是大片天空，天空下長著低矮的鐵皮屋頂。浴室視野真好，但洗澡會被別人看光嗎？房東小姐K很坦白：「會。」怎麼辦？「我都關燈洗，就不會有影子。」什麼？怎麼不向房東要求安裝浴室簾呢？我沒有問出口，房東小姐K踏著陡峭的旋轉階梯上樓。

樓上是挑高閣樓，一側做儲藏室，一側分隔出兩個房間。頂樓又臨西晒，熱氣進入房裡，繞也繞不出去，兀自在窩巢內形成小型地熱谷。熱，猛搧扇子也散不去厚重的熱氣；熱，搧出的風也是熱的。我草草看了房間，一坪多的面積塞入一張單人床，一處小更衣間。「這裡就單純睡覺。」房東小姐K說。

我注意到床頭上方的冷氣溫度計，已飆升三十七度，差零點五度就達發燒標準。房東小姐K滿頭大汗問：「看好了嗎？」我點頭，她速速帶我下樓。「這裡很熱，不要待太久。」確實，會中暑，女生必備的保養品也無法保存。而她都這樣說了，這房，能租嗎？

房東小姐K帶我離開地熱谷，到外頭。大稻埕的夜晚有風，遠比屋內涼爽。她介紹附近的生活機能，走六分鐘有便利商店，八分鐘有藥妝店，十分鐘有捷運，十五分鐘有超市。只是吃的，八點前、甚至更早前就沒了。「大概是這裡比較多老人居住，作息偏早。」房東小姐K指了指停車場邊推著助行器行走的老人，他的身旁不是年輕外傭，是年邁髮妻。

與房東小姐K分開後，我順著迪化街走，乖隔十餘公尺便有兩戶人家辦喪事，念佛的聲音暗渡了老城區日益凋敝的滄桑。行一段，兩旁商市皆已歇息，暗成一片，與白日相差甚遠。這裡是臺北嗎？大稻埕彷彿是從都市鬆脫的螺絲釘，遺落在旁，自己孕生著一套時間律例，不知有漢，無論魏晉。

再走一段，暗黑裡稀稀落落的燈光，幾間文創商店、乾貨店、餐廳仍開著，不遠處露出雕梁畫棟，霞海城隍廟到了，唯獨這區，與腦海裡的大稻埕吻合。城隍廟的香爐前依舊有不少信眾舉香膜拜，我轉進廟宇，面對掌生死的城隍、持姻緣的月老，焦急祈求：神呀，婚配的道理其實與房屋配對是同源同根，拜託幫我配到一間好房吧。語畢，線香輕輕前後晃了晃。

吹著涼風，散步回捷運站，身旁一位背著吉他的花襯衫男生靠近，帶有腔調的英文問我：「Where is the MIT？」「MIT？」迪化街到處都是Made In Taiwan名產店啊，隨便指一個方向給他，他很開心地用中文跟我道謝謝，轉身輕快離去。走幾步，我忽然想，他是不是要說MRT捷運啊？那我指反方向了。

老天，你看房東小姐K的家，把我腦子熱成什麼樣。

List 9 便宜

租金太便宜，多數有問題。

小房東L的房間

能夠在師大附近找到一間有客廳、有廚房的分租雅房，價格只要六千塊，委實是奇跡。我立刻聯繫小房東L，希望能先過目房間照片。

小房東L很快傳訊回來：「房間有點亂，不方便拍照片」，只概略介紹房間空間——一張單人床、一個梳妝臺和一個衣櫃，至於真實情況得親臨現場。

我依約來到公寓大門，小房東L穿著可愛制服從遠方跑來，她年紀頗輕，畫著不相襯的濃妝，開口娃娃音就洩露著不成熟的祕密。小房東L在附近的餐飲店工作，只要看房速度快，偷蹺班還行。

她領我上樓，鐵門開，房子無窗無光。我們經過幽暗客廳，小房東L拈亮餐廳燈泡，白日光下，斜照小客廳，綠格紋布小沙發，上頭附了一條粉色絨布毯，溫柔撫平客廳線條。「基本上大家下班後都直接回房間，不太會在客廳逗留。」小房東L見我停在客廳，如此介紹。

這好像是常態。

我租住過的地方也都有客廳，彼時，房東先生ㄆ特意留下義大利牛皮沙發，茶几旁還有一盞歐風壁燈，他溫柔貼心地說：「我知道離鄉背井很辛苦，你們幾個室友平時可以在客廳聊天分享。」初始我懷抱期待，往昔的宿舍生活，我常與室友、同學窩在交誼廳，坐著不符合人體工學的木頭椅，一邊啜廉價咖啡，一邊閒聊是非，而今終於有一方充滿情調的客廳時，生活已經沒有餘裕，太累了，整日被工作折騰，回家只想在床上攤成泥爛，腦袋放空，什麼也不想講，誰也不想見。房東預設的美意一次也不曾實踐，人跡罕至，高級沙發轉手讓予灰塵、塵蟎。出社會後的客廳不是綠洲，比較像造景，仿擬家的道具。

小房東L帶我到客廳旁邊的大廚房，對比於客廳，這裡遺留累日累月的使用痕跡，我幾乎能考古出房客的生活習慣。廚房隔壁是坪數頗大的浴廁，窗戶開在面陽處，晒去浴室的濕氣與霉味，只剩下層架上洗髮、沐浴之類瓶瓶罐罐的香氣。「浴廁旁是要租的房間。」小房東L一手扶在喇叭鎖上，面無表情地說。

房門開，直面一條狹仄通道，右方掛著兩道粉紅門簾。五坪大的房間，被房東用衣櫥隔成兩間。多麼粗糙的隔間，連輕材料、木板也沒有。衣櫥上方鏤空，意味著兩個陌生人要共用一盞日光燈、一臺冷氣機，甚至是一扇窗戶。小房東L說，如果要開冷氣，必須徵求另一端租客同意。那開電燈怎麼辦？「就像學校宿舍，最好生活作息差不多，」她說，「不過隔壁那個人經常出差大陸，不常回來，也還好。」

靠近門口的是小房東L的窩，靠近房間底部則是另一個人的。小房東L拉開門簾，進去就像她說的，一個衣櫥、一張床、一個梳妝臺就滿了，連一塊方形巧拼都要裁成一半，才拼得進床與桌與衣櫥之間的空隙。

這間老公寓的房間原本都挑高寬敞，每間房被房東以衣櫥隔成兩間，一個人六千塊的話，這裡總共住了八位女生，房東一個月便有四萬八的收入，且不提供租屋證明，租客無法呈報，逃去繳稅之職。

怎樣發大財，當臺北市房東就能發大財。

房東小姐M的鬼屋

毗鄰一彎溪水，臺北市的租金硬是比新北市高出幾千塊，也就是說，臺北市的雅房租金在新北約莫可以租到套房。譬如這間永和電梯套房，價格僅七千五，還包含管理費，距離臺北市，騎車也不過五分鐘，我趕緊聯繫房東小姐M。

一直以來為了確認房間採光，我都與房東相約白日。這有個缺點，住進去以前，無法確知租屋處晚上安不安全。這回託房東小姐M的福，她在醫院上班，回家已晚，只能相約晚上。

公車抵達竹林路，還沒涉足前，我經常聽聞這條路。上個世紀，許多作家從南部北上工作，多寄宿於此。那些文字浮透出老永和的模樣，日式平房、斗室，偶爾風吹過庭院，林木窸窸沙沙搖晃。

搖搖晃晃，竹林路今非昔比，這條路成了美食林，餐廳、小吃店一間一間開，平房與林木從地景中刮除。我無從辨識起滄海桑田以前，作家們惦念不已的北城生活起點，走在其間，只覺這路通往的是胃，不是文學。

抵達到房東小姐M指示的巷口，她早在那兒等候。房東小姐M頂著香奈兒小男孩頭，循例問我如何來、工作、年紀，我們穿進小巷。永和巷子雜，但照明佳，不至於擔憂。步行幾分鐘，住屋到了。

這座華廈大廳昏暗，只有一盞黃燈泡，像傳統小旅社，電梯旁邊的櫃檯無光也無人，暗了一角。「晚上六點警衛先生下班了，」房東小姐M說，「雖然我們有繳一千五的管理費，但警衛先生真好賺，沒事看報紙，聽錄音機，收收掛號信、包裹，一天就過了。」

搭上電梯，抵達三樓，廊道被冷白日光燈照得透白，白得像遁入異次元，原本皮膚白皙的房東小姐M走在裡面，幾乎變成透明了。

鐵門打開，空間寬闊。房東小姐M將客廳與飯廳連通，布置成大書房。轉入旁邊長廊，盡頭是浴室，左方是待出租的房間。這間房雖小，倒也物盡其用地塞入一張桌、一張單人床和兩個衣櫃。暗夜裡，我看不清楚窗戶外面的風景，遂問了房東小姐M。

「噢，如果你要採光，老實說，這間房子只有客廳東晒，其他地方太陽光都照不進來。」也就是說，這些房間都有窗戶，但窗戶外都正對鄰居們的牆，連陽臺也是。

她帶我去陽臺，陽臺大，但鐵窗外是另一戶人家的灰泥牆。「衣服還是能乾。」房東小姐允我摸晒在陽臺上的衣物。乾歸乾，獨獨少了一種說不出來的太陽氣味。

我坦承自己很在乎採光。房東小姐M點點頭，「不瞞你說，我也覺得這間屋子像鬼屋。在你來之前，我跟另個室友花了整整一個禮拜瘋狂找房。想不到今年的房租比去年漲了快一千塊。」怎麼才一年，租屋市場越來越劣。她將雙手握拳頂在左右腰間，皺起眉頭，說：「那些房貴就算了，比這裡更像鬼屋。」

房東小姐M邀我進她房間參觀，那房間呈不規則形狀，頂上正好是所有梁柱的交會處，像巨大紐結，沉沉地壓在書桌上方。我曾看過三角形、半圓形的房間，都沒有她的房間來得奇詭，猜不透當年建築師是抱持一種勇於實驗、還是報復的心態完成設計圖。

書桌旁大面牆壁白漆脫落，房東小姐M說原本壁癌更張狂，她處理過幾回，那面牆每幾個月必須重新粉刷。「我懷疑房東根本不曾住進去過，只是買來過手租人，等都更，再賺一筆。」她說。

話雖如此，房東小姐M告訴我前一任房客在此租賃十年，直到小孩小學畢業才搬離。「他們怎麼可以住這麼久？」她揚起聲音。

其實不只他們，還有房東小姐M，怎麼會租這裡？為什麼能忍受這樣的房子？屈就於租金？地段？貪圖電梯？生活機能？還是……，每個人對於房子的想像與寬容，我好難理解。或許是我從不願與租金、爛房子妥協，忿忿地認為：我付錢，為什麼要住那麼不舒適的地方？硬著骨，也要找到價格合理且窗明几淨的窩。可我永遠不曉得，那不是什麼硬骨，而是無可救藥的完美主義在做最後的垂死掙扎，有天終究把自己逼到牆角，沉入水底，溺斃。接下來的日子，我將近一個月沒地方住，得寄宿朋友家、流浪青年旅舍。最終依然得犧牲某樣堅持的條件、信念。

房東小姐M似乎聊開了，抱怨的對象從屋子到屋主到室友。她厭惡的那個室友每次用完廚房，拍拍屁股離開，剩下滿目瘡痍的流理臺——果皮、菜渣、汁液撒了一桌，圍在殘餘物邊的螞蟻大軍正出動逼近。煩人的事還有一樁，「她每次不經告知就隨便帶人回來」，她嘸了嘸口水，「有次我出房門，身上只穿一件薄T，沒穿內衣，當下真是糗翻了。」最離譜的是，室友經常忘記繳水電瓦斯費，家裡不時被斷水斷電斷瓦斯……

房東小姐M，不如你別租這裡，跟我一起找房吧。

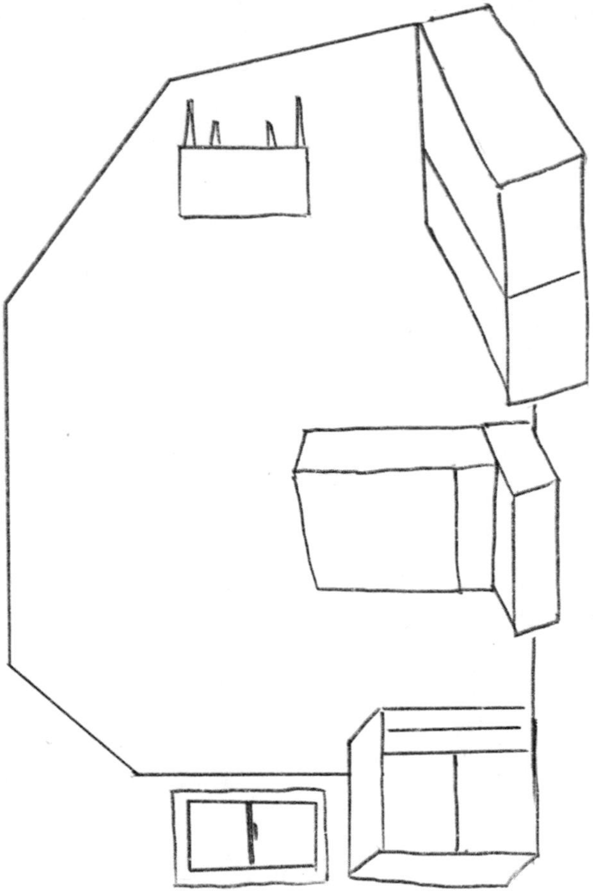

房東小姐N的空屋

搭公車、轉捷運、換公車，差不多一個小時，總算來到房東小姐N的家。

剛出電梯，我便迷失了。

房東小姐N的家在大樓頂樓，頂樓約莫有五六戶，茫茫大門裡，哪一扇是通往她的家？向右走，每扇門都緊閉著，環著廊道到底，有道半開的鐵門，露出屋內燈光。我想應該是它了吧。

輕拉開鐵門，向內喊幾聲，無人回應。十餘秒後才有人應門，是房東小姐N。房東小姐N是甜美小護士，醫院忙，幾乎天天加班，她的眼睛都熬出黑眼圈了。

這幢公寓的設計微妙，大門打開，整扇門會完全擋住位在門口旁的房間入口。「所以進出要留意一下，免得擋住這間房的去路。」房東小姐N說完，關上鐵門。她側過身，打開那個靠門口、會被鐵門遮住的房門，說：「就是這間。」果然，最後出租的房間總是最差的。

快要三坪的空房間，有近三分之一疊滿房東小姐N的紙箱和雜物。「放心，等你確定要租，我就把東西搬走。」她拍胸脯保證。

承租的時候，這裡是空屋，沒有任何家具、電器，不過房東小姐N外宿多年，除了冷氣，該有的家具電器都有。空屋對她而言不算大問題。

「你有自己的家具嗎？」

我搖搖頭。

「如果你打算租房子，建議買家具，很多房子都沒有附家具，尤其是租一整層的房子。」

我從沒想過要買家具，總覺得租屋是暫時的，現在的工作是暫時的，留在臺北或許也是暫時的。若唐突添購家具，只怕未來還要脫手，累贅又麻煩。當然，更實際的理由是，那筆錢我無力負擔。

頂樓的屋子非常悶熱，沒有冷氣，房東小姐N渾身汗。我迅速瀏覽所有空間，浴室、廚房和陽臺，乾淨有序，她見我有些動心，勸誘一番：「要快點確定喔。這間房非常難租，我是因為朋友認識房東，才插隊搶到的。」北城居大不易。

離去前，我問了房東小姐N交通，她平時以機車代步，極不熟悉大眾運輸，替我問了窩居在房間裡的另位室友。那位室友始終神隱於房間，好似不隨意面見俗眾的神祕高人，她隔著一層門簾說話，語氣有些不情願：「你跟她說有很多班公車啊。」喔，但那我要搭到捷運的話……「你跟她說幾乎每一班都有到啊。」在哪搭？「你跟她說樓下走三十秒。」往左還右？「你帶她下去看啊。」

二六五有到北車啊。」為什麼要一直啊啊啊結尾？為什麼要隔著一個人說話？為什麼不出來呢？倘使我日後確認要租房，起碼先認識吧。

房東小姐N熱心帶我下樓，在不遠處找到公車站牌，那裡只有一間機車行，所有的店面都打烊，然而街燈在遠方，這處是死角，暗如鼠洞，窩巢藏了什麼，無人知曉。幸好沒多久那班二六五公車亮起一雙車頭燈，自遠處駛來。

我和房東小姐N話別，搭上車，剛坐定，不知怎麼了皮膚發癢，是那間房的灰塵嗎？照鏡子，發癢處泛紅。伸手搔著患處，跟自己說：以後看房要記得戴口罩。

小房東O的日式老屋

一個半月過了，我仍苦尋不到房子。焦急之際，一道光射向我的眼睛。朋友傳訊來：「有間日式老屋，你想租嗎？」當然，我很喜歡日式房子，日式建築講究通風、採光，還能賞景，若能在那樣的空間裡生活，應該別有滋味。

我輾轉與小房東O聯繫上，她殷勤介紹租屋處。那幢日式老房，十七坪，有個小客廳、廚房、陽臺與兩個房間，屋內的窗框、衣櫥全是檜木打造，整間屋子小巧舒適。

聽她的敘說，我想像那幢日本老房子，或許像紀州庵或青田街、齊東街上的日式老屋，一隅小庭院，通亮的光探入偌大的窗，屋內飄著一縷檜木香，那

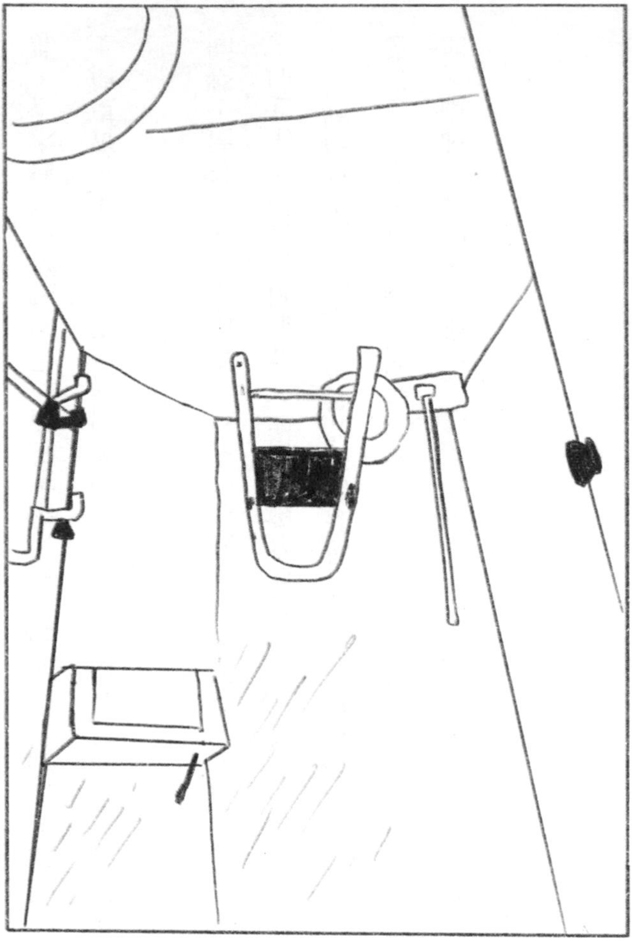

真是色香味俱全的房子。我查詢這間房的地理位置，並不糟，租金也不高。我動心了。

向小房東O要了房屋照片，臉書傳來一張張老屋照，彷彿翻讀史料裡五〇年代的家。第一張，房屋出入處有扇紗門，門外一株大樹，光線穿透樹葉落進客廳，打在舊時最時髦的磨石子地板上。下一張，依然是客廳，小沙發、長方茶几、幾個書櫃。再一張是廚房，瓷磚貼片的灶腳，上方擺著米油鹽醬醋。接下來是兩張鋪了木地板的房間照片，木頭窗櫺、笨重的咖啡色衣櫥與五斗櫃，一眼便能認出時代的佩勛。若喜歡老屋，這房看起來不差。

小房東O傳來最後一張照片。

點開瞬間，我傻住了。

不到一坪的空間，一只鐵架收靠在白漆斑駁的牆面，架子下方擱著臉盆。架子右上有面鏡子，旁邊一個老式水龍頭。水龍頭右下方還有一個較為現代的調節式水龍頭。

那是工具間嗎？應該不是浴廁吧？

小房東O在跟我開玩笑嗎？

List 10 記得要敲

看房子的時候敲一敲牆壁，
看看是不是真的水泥牆。

小房東P的房間

若要問我看房最煩人的事情是什麼，興許是找路吧。每次 google 地圖總會指引一條最難走的，有時定位不清，看著指示，始終搞不清楚到底要在下個路口轉彎，還是現在就轉？轉了又方向錯誤。常常還沒看房就想回家。

小房東P似乎懂得我的困境，主動相約捷運站，由她領我到住所，省掉找路的麻煩，也順便認識新環境。我們走了一段長路，安靜的時候多，說話的時候少。經過市場，她云：「我有時會來這裡買東西，滿便宜的。」「你常煮飯嗎？」「還好。」「室友呢？」「也都還好。」對話又斷了。我們安靜地轉入巷子，路經兩三棟樓房，安然抵達小房東P的家。

公寓已老，樓梯間牆面汙黑，上方的日光燈罩破損，露出半支蒼白燈管。小房東P用鑰匙轉開生鏽鐵門，拉開時，門咿呀一響，老人哀嘆，鐵門後一層脆薄如紙的木門，喇叭鎖輕輕一觸，門自動彈開。「安全嗎？」我問。她笑了笑，「目前是沒出什麼事情啦。」

入內，客廳不是客廳，中央成了晒衣場，牆邊堆滿雜物。雜物旁有個大系統櫃，零星塞入幾個飽滿的藍塑膠袋。而櫃子正後方是廚房。

踏進廚房，黑色大塑膠袋鋪蓋整個流理臺，我只能依稀辨識出水槽旁邊的瓦斯爐。地上堆疊起一丘一丘撐得鼓脹的塑膠袋山，把廚房囤成另一間儲藏室。廚房後方一條長形大陽臺，孤伶伶立著一臺納垢的洗衣機，頂上晒衣桿沒有任何衣物，空曠，反襯出屋內太過擁擠。

我們走到待租的房間。這房間是整棟樓的最邊間，窗外沒有大樓，陽光、風徐徐流入，不刺人，輕煦溫柔。靠牆的床緣橫放了一組三層櫃，「這櫃子也可以收納東西」，小房東P說完，我正要大讚那張床，她一手揭開蓋在上頭的藍碎花布和床墊：「其實這不是木板床，是把不用的三層櫃釘在一起。」原來不是真的床，是組合式的，假的床，我走過去，推了推三層櫃，「穩固嗎？好睡嗎？」她只是微笑，回了一個安全答案：「見仁見智。」

離開房間前，小房東P問我需不需要多看幾遍？還有沒有想問的問題？

看房也不過如此——採光、通風、空間大小與室友。而現在，累積十餘回的看房經驗，開始留意起隔間材質，是水泥還木板？又譬如公寓是重新隔間、抑或原本格局？不久前，我剛看過被重新隔間的套房，透明的淋浴間大剌剌聳立在床邊，設計費解，還以為是拿監獄作草圖。

我問小房東P：「房間是水泥牆隔間嗎？」她不假思索應：「當然。」我伸手敲了牆壁，牆壁傳來回響，是木板隔間。然而小房東P依然堅信：「這是水泥牆呀。」我換個地方再敲幾下，隔壁房的女生睡眼惺忪拉開和室門，嚷問：

「你們在幹麼？一直敲牆壁，我在睡覺。」小房東P露出驚訝表情：「啊，我住了那麼久，現在才知道這不是水泥牆。」

看完房子，小房東P依然陪我折返捷運站。沿途她拚命細數房子的優點，最後祭出殺手鐧：「喜歡要早點決定喔。住過這裡的人都說：『謝謝你，這裡比臺北市便宜好多。』」

小房東P，謝謝你，讓這本書多了一個可寫的題材。

List 11 何謂採光

不是採光佳就如你所想，
有時候那會好在令人匪夷所思的地方。

房東小姐Q的採光說

租屋偶爾會遇到一種情況，這間房早你一步租出去，而另一間房恰巧早你一步釋出。這時候，有些房東儘管房間與照片圖文不符，還是會讓你來看房，只是看另外一間。今天就遇到這種情況。

房東小姐Q是中國人，在臺北市黃金地帶一口氣添購兩間老公寓。這棟老公寓有幾個優點，樓挑高，不壓迫；有前後陽臺，陽臺外並不緊連其他房子，因此就算老，也不差。她請人打掉原本隔間，兩戶併成一戶，重新劃分出四個大房間，逐一出租。也許是投資客，不以房租維生，租金開價相較於其他房東硬是少了一兩千塊，倒也吸引不少精打細算的上班族。

抵達租賃處時，我要看的那間房剛被租走，房東小姐Q說：「沒關係，剛好有兩間房釋出。」好吧，加減看看。

門開，房間寬敞，兩個頂天立地大衣櫃，一張床單淨白的雙人床，一張面窗大書桌。「還可以嗎？」房東小姐Q問。「我滿在意採光的。」「噢噢，那你過來看衛生間，採光特別好！」她拉我去浴室。

我發現那浴室不是本來就有，是屋主打通一部分前陽臺，自行安裝上馬桶、洗手槽和蓮蓬頭。原初就是陽臺，採光好得沒話講，但也因為隔給浴室，導致室內空間不太明亮。

房東小姐Q得意地對我說：「怎麼樣，採光不錯吧！」

我點點頭。

但我又不在浴室讀書，採光好要做什麼呢？

List 12 室友

除非熟悉，

室友還是不要找朋友的朋友的誰。

朋友的朋友的朋友

租屋資訊裡，張張房屋照片爭奇鬥豔，才看幾分鐘，眼花撩亂，忽然，掃射到一間房，在燈火闌珊處發光，心思意念棲止了。

那間房設置許多頂天立地的大型系統櫃，客廳電視櫃、廚房電器櫃、臥房的書櫥和衣櫃，讓二十坪的小窩膨脹近一倍大。我見獵心喜，找到同樣在尋屋的前室友小永和一塊兒看房。

不過，我們被一個問題絆住了。

三間臥房，靠近客廳的那間被裝潢成和室。有陣子流行過和室，屋主喜歡在客廳附近闢造一間，家庭自住時，和室頗有情調，等到轉手租屋，和室成了障礙。

小永和與我都是需要安靜、私領域的人，無法住和室，那剩下一間怎麼辦？我們的經濟條件無法承擔另一間房，遂緊急在Facebook上討救兵，詢問有無認識的人能一起合宿，條件是能接受住和室。

兩小時不到，朋友揪到了朋友的朋友ㄔ，相約晚上九點一起去看那間房。同時，我也聯絡上房東。房東已搬離北城，無法及時現身，委託了住在頂加的房客幫忙帶看。

無視大雨，我穿行小巷，路經大路，再行進另一條巷道，尋尋覓覓，迷路又迷路，終於在約定時間內抵達租屋處。

朋友的朋友的朋友ㄔ剛從東區搭上計程車，正風塵僕僕趕來。她要我們先上樓看房，司機還在找路，料想會大遲到。好吧。我打了電話給幫忙帶看的房客。

房客開了一樓大門。小永和與我爬著樓梯，不出幾階，我的腳機警覺察：這是目前爬過最陡峭的樓梯。這幢老公寓的樓板挑高，樓梯厚度增加，才到三樓就累了。拖著痠澀的腳勉強撐上四樓，房客一身睡衣，倚在租賃處的鐵門邊。她臨危受命，什麼都不懂，要我們自行看看，有問題再自行問房東，自己退至一旁滑手機。

我看了兩個房間，四面牆有兩到三面都擺了訂製系統櫃，櫃子大到容納十個成人毫無問題。這是優點，但麻煩也相應相生。那些系統櫃過大，佔據了床跟書桌的空間。此刻，小永和蹲在地板，指著中央幾塊破損瓷磚，詢問一旁的房客：「這區瓷磚發生什麼事了？潮濕壞掉嗎？還是？」房客搖搖頭，全幫不上忙。

我們走到和室，推開拉門，檢查門板，拉門沒有鎖扣。小永和摸了門上的白色方格，是紙，不是玻璃。只要開燈，人影映在門上，皮影戲般輪廓清楚。

最難以解決的是聲音。房間臨靠廚房，抽油煙機、烹煮聲響輕而易舉闖入；唯一的窗戶也恰恰開在後陽臺，正對洗衣機，不用操作也知道，洗衣機運轉攪動必定逾越界線，洩進房間。這間房被噪音前後包夾，實難住人。

我們繞到後陽臺。陽臺與另戶人家的陽臺僅隔一條手臂，遮蔽物層層疊疊，把陽光擋在外面。

我想放棄這間房了。小永和似乎也是，先行離開，去看其他的房。但是朋友的朋友ㄔ還沒來。

低頭看了通訊群組，原來ㄔ傳了好多張晦暗的巷弄照片，問我看房處是不是在這條巷子？在那條巷子？糟糕，我根本搞不清楚。所幸ㄔ緊急詢問路人，才勉強找到。

我請房客幫忙開樓下大門。門開，聽到高跟鞋雜亂叩著地板的聲響一路往上。ㄔ出現了，湖綠色襯衫、迷你黑窄裙，配上黑色細高跟鞋。她剛進門，搞不清楚誰是誰，頭一會轉向我、一會轉向那名房客，高聲嚷著：「怎麼樣怎麼樣？」

她似乎是個急性子，慌亂中認出我後，頻頻問：「要不要先討論？要不要先討論？」可是房子都還沒看呢，請她先慢慢瀏覽再談後續也不遲。

高跟鞋叩叩叩地穿梭在幾間房裡。「為什麼這間房瓷磚不一樣？」、「噢，你不是房東？」、「櫃子很多耶」、「廁所很大。三個房間共用嗎？」、「這個系統櫃可以拆掉嗎？」然後指著廚房旁邊的大系統櫃問：「這是什麼啊？飯桌嗎？為什麼上面有那麼多插座？」我油然升起一股恐懼感，ㄔ不行當室友，她連那麼明顯的系統櫃都認不出來。

「我覺得這房不錯欸。」ㄔ轉頭對我說完，又轉頭面向房客小姐：「若房子租出去一定要打電話通知我喔。」不行，我還是過不了那關，ㄔ絕對不能當室友，那名房客已經告訴她兩遍「我不是房東」了，ㄔ依然狀況外。

離開時，彳在樓梯間繼續高分貝問：「你要哪個房間？」「呃，我們還有一位室友。」我小聲回。「喔，那她住和室嗎？」（繼續高分貝）「沒有喔。我朋友應該有轉達，我們缺和式室友吧？」「但我沒有要住和式喔。」

很好。彳深刻教會我一個道理：室友不能找朋友的朋友的誰。

List 13 誰比較重要

房子好很重要，但是房東好不好更重要。

消失的房東先生R

前一晚我與房東先生R相約看房。

房東先生R似乎很忙，問了幾個時段，他全兜不上。我們只得殺價般來來回回，你想辦法延後十分鐘，我盡量提早十分鐘，總算找到雙方都可以的時間。

翌日中午，我來到古亭市場。巷道裡人群絡繹，喧囂聲起落，市場特有的果菜氣息一路隨行。我細細觀察周遭衛生，靠近市場的住屋環境會髒亂嗎？會因往來客人而變得複雜嗎？疑問還在蔓生，人已來到老公寓大門。我再次確認門牌地址後，傳訊給房東先生R，告知他提早抵達。

約定時間到了，房東遲遲神隱。過了五分鐘，手機震動，是房東先生R回訊，告訴我臨時有事無法現身。怎麼辦？他改以臉書遙控，要我先按鄰居家的電鈴，請對方開門。進去一樓後，找到該戶信箱，從裡頭掏挖鑰匙。取得房屋鑰匙，再自行爬上四樓開門。

一切像已經預謀好，一個指示一個指示按步完成。現在我立於老舊的赭紅鐵門前，準備最後一個動作——打開房東先生R的家門。但鑰匙試過一把又一把，竟沒有一把命中。夏日炎炎，鑰匙沒試完，已滿身大汗。

第五把鑰匙順利插進孔洞，手還沒轉，隔壁鄰居的門卻扭開了。她初見我的眼神充滿狐疑，機警詰問：「你是這裡的住戶嗎？」我搖搖頭，說明來歷，也將房東缺席導致勞煩之事坦白托出。對方臉色漸漸暗下來，沉到了底，一個翻轉，高聲怒斥起房東的擾民行為，因為這不是第一次了。

她拔高音量，似將前幾回的隱忍悉數發洩殆盡，砲火轟隆：「怎麼可以叫鄰居開門！我以為是郵差送掛號。讓陌生人這樣隨意進出真的很危險！你跟房東說，說我很生氣！」訓了長長一頓，她轉身從屋裡牽出一條大黑狗下樓。好險不是放狗咬人。然而，留下滿臉錯愕的我，還在門口繼續試鑰匙。

鐵門終於打開了。屋裡什麼家具都沒有，頂上只有燈泡，地面留了一把梯子，幾捆零亂的電線。這間房根本還沒裝潢好。

以上總總，我要封鎖房東先生R！

謎樣的房東先生S

那間房位居美術館附近，電梯大廈，有中庭，有警衛，約三坪的雅房，租金包含水電瓦斯網路管理費，不到八千。唯一條件，限女生。

是日，趁著雨勢轉小，我尋屋址前往永和。立在社區大樓前，撥電話給房東先生S，請他下樓接應。等了許久，我聽到不遠處鐵門打開的聲響，應該是他了。

房東先生S一派閒適，穿著T-shirt、短褲和拖鞋，剛要步出門口柵欄處，我上前問：「請問是ㄌ先生嗎？」他立刻意會是要來看房的人，機警反問：「請問是ㄒ小姐嗎？」確認雙方身分後，ㄌ先生帶我進中庭，一路上舉止紳士地走在我左後方，在適當時機伸手幫忙開門、按電梯。

來到五樓，扭開鐵門，一條長陽臺在腳前展開。陽臺上擱了幾個花盆、鞋櫃、腳踏車和兩張皮椅，房東先生S說：「你看，坐在陽臺賞花賞雨喝咖啡，多浪漫。你們念中文的就應該住這裡，才能寫出文章來。」

我沒有細看花臺，而注意鞋櫃裡有幾雙男人的鞋。我曉得有些女生獨宿公寓，會故意在門口擱一兩雙男人的鞋，以示竊賊、壞人休想輕舉妄動。房東先生S連忙解釋：「是這間房子的管理員——我，的鞋。」我沒有會意過來，只知道他負責家裡的整潔，每天拖地、倒垃圾，必要時還幫忙採買東西、提重物。他還幫忙看家？

紗門開，客廳被雜物淹沒，三坪左右的空間擺了兩個雙層滑動書櫃，剩餘空間塞進一臺電子琴、三把吉他、一座酒櫥、一套沙發與茶几。客廳的通道被壓縮成一條小徑，恍若走在山林幽谷的狹仄步道，容不下第二個人錯身而過。

客廳旁邊本該是餐廳，被房東先生P用屏風隔成一個小房間。問他屏風後住誰？他答：「就是男傭我。」謎底揭曉，我想放棄看房。

男傭房東先生S依然熱情，沒有理會我頓時消散的興趣，繼續介紹廚房。廚房雖大，灶臺前放了一臺跑步機，跑步機旁堆疊鍋碗瓢盆，空間毫無章法被各種器物填滿，填得廚房不像廚房，客廳不像客廳。

我們踱步到房間，他說這間房的晒衣處不在後陽臺，在窗戶外。推開窗戶，外面是前陽臺，往左一看，正對門口兩張皮椅。私人衣物晒這裡不會很怪嗎？賞花賞雨順帶賞衣服？

最後，我們回到擁擠的客廳。坐在沙發與一號先生閒扯淡。他是月收入二十餘萬的按摩師，又兼業餘的餐廳樂手，身上沒有奢華印記，屬於隱藏版的有錢人。幾年前他離婚了，女兒留給前妻，獨自一人生活。一直以來他忙於工作，偶爾才抽空探視女兒，或許是心裡有愧疚吧，每次都帶她上五星級飯店吃套餐。他的女兒與我同齡，前年結婚，今年懷孕。

「你有男朋友嗎?」房東先生S談完自己了，將話題導向我，見我有些閃躲，道:「沒事，我只是跟你確認，這裡不可以有男生出入。」咦?難道你不是男生?他把上身前傾，略靠近我一些，「女生要懂得保留自己的空間和錢，男生不可靠。」他又把身體退回原來的地方，說:「等你確定要租，我們可以多聊。」

他似乎極熟女生的愛好和在意的事情，談完愛情，聊美容，聊養生。他說他的叔叔在新竹開中醫診所，姓ㄑ，醫術高超，若有機會回新竹，可以上診所去，報他的名能優待。「你放心，我把你當女兒看待，真心希望你好。」

外頭又開始淅淅瀝瀝下雨，想離開，偏偏離不開。房東先生S的嘴巴被按下開關後，沒有停止的意思，足足說了一小時。

返家後，我重新瀏覽租屋網，上頭的聯繫資訊中，房東先生S姓ㄨ，我喊成ㄌ了，但他又說叔叔姓ㄑ。這樣，他到底是誰?

房東大哥T的焦慮

約定時間還沒到，房東大哥T騎著腳踏車出現了。

他見我提早到，決定先讓我看房。

上樓前，他張望四周，喃喃：「兩點了嗎？等下還有一個人要來看房。但沒關係，我們先上去。」畢竟是大安區，舉凡地段好、生活機能佳的地方，都非常搶手。

那是極老舊的公寓，牆壁沒有貼瓷磚，是質地粗糙的灰礫石。爬上三樓，打開門，拉開白鋁框紗窗，跨入客廳，磨石子地板上擺了一張木頭長藤椅、一張棕木茶几和一臺老式電視機，其餘空處都疊滿法律用書。原來的租客是T大法律所的學生，因為抽中學校宿舍，要搬走了。這些東西都是她的。

房東大哥T打開待租的房門，還沒靠近，一股霉味已撲進鼻子。我憋氣走進，空間不大，雙人床占去大半。這間房唯一的優點是內嵌式衣櫥，讓空間還能騰出一些塞書櫃。書桌上有一塊小方框氣窗。我立在窗前，忍不住讚嘆：房東大哥T真是高竿的攝影神手，竟能把不到A3紙大的窗戶，拍成明亮的大玻璃窗，專業得可以出國競賽了。

就著窗口向外望，外頭沒有藍天，正對隔壁棟的晒衣陽臺。風來，把濕氣一併吹入。

我的身體承受不住陰暗潮濕的房間。

以前不曉得，直到住進新店。

搬進去的第一天才發現被房東騙了，房間雖為落地窗，光照卻不充足，白晝仍須開燈。更麻煩的事還在後頭。一個月後，緊靠浴室的那側牆，白漆開始剝落，牆垣滑下細碎的白粉末，怎麼掃都永遠掃不乾淨。幾天後，我發現壁櫃冒出大片黑斑、青黴。那濕氣竟成功翻越牆壁，盜入房間。再隔幾週，換我的身體冒出病芽。

那次教訓，我曉得窗戶重要，但房間位置更重要。

房東大哥T帶我繞看整間屋子，廁所小，廚房小，沒有一處同租屋網上的照片那麼寬闊敞亮。

不待我說話，他從帆布袋裡掏出合約，遞給我。房東大哥T笑道：「這是我從崔媽媽網站download下來的，你看一下。若想要租的話，我們可以談。」也許同個時段實在約太多人，他看起來非常忙，沒空聽我回答，頻頻轉頭接電話。

隨之，第二組看房的人出現了。

第二組看房的人是男生，就讀S大時曾外宿古亭，畢業後，赴松山機場附近工作。他在民生社區租賃一段時間，因租金調漲，決定搬離，住回熟悉的古亭。他也看了一圈房子，房東大哥T同樣拿出那份合約給他。男生反問：「你不是電話上說有人要簽約了？」什麼!?我竟然不知道！房東忙不迭解釋：「對，但我們還是可以一起商量，反正那個想住的人也還沒簽約，我們再看看誰要租比較適合。」

我知道房東都很想要趕快把房子租出去，可是房東大哥T，你想過那個準備簽約的人嗎？

房東先生U的時差

看房前一天，房東先生U與我在 line 上通話。

租屋網上出現一類房東，人已移居美國，跨洋出租在臺灣的房子。這種跨時差房東有些麻煩。首先，聯繫看房時，得約兩人清醒的時間，約妥後，由房客自行看屋，那些細則——包括去哪裡拿鑰匙、看哪間房等等，都須詳加交代，免得看房時間逢美國夜晚，臨有問題不知該從何聯繫。確認租屋後，租金轉帳也是另一種麻煩。雖說如此，租屋公告出租房間有五坪大，價格尚可。我暫拋顧慮，動身看房。

房東先生U說那間公寓所有權狀有五十坪，原本打算退休居住，偏偏順利通過移民申請。「這房子是我辛苦錢買來的，捨不得賣，決定改用租的。」又說：「我的房子沒有裝潢，若你喜歡老房子，這裡會很棒。我喜歡種一些花花草草，當初買房特意選寬敞的陽臺，希望住起來舒服，所以你們放心。」既然房東先生T掛保證，我就安心了。

他頗能聊，從租屋、房客談到美國生活。歷經美援年代的四五年級生，心裡多有美國夢，無論華人是否文化扞格，或者可以說扞格也無所謂，沒有根的人有另一種自在。幸運移民的房東先生U高喊：「你一定要來美國看看。美國的房、車都比臺灣便宜太多了。我在美國的家裝潢得超漂亮。有機會你來美國，我招待你！」語露豪邁。談話最末，他再次交代我記得去租屋處附近的電器行找老闆取鑰匙，叮嚀房間位置，需要留意的眉角。其實都是小事情，我一口應好。

翌日，我按時來到電器行，領過鑰匙，老闆熱心指引公寓方向。走進小巷，那是間老公寓，從一樓往上看，陽臺真的很大，只是現在沒有種花了。

我爬上頂樓，來到公寓前。門口左側，通往天臺的樓梯間，被房客綁掛一條晒衣鏈，上面勾著一排衣褲，衣褲下方堆滿凌亂雜物。還沒進屋，內心涼了半截。

打開鐵門，那傳說中的五十坪，已經被木板隔間隔得支離破碎。走進窄仄的廊道，即刻清楚聽到左側房間裡傳來美劇的聲音，這位應該是房東先生U介紹過的，在補習班教授兒童美語的外籍老師。經過那房間，盡頭出現兩間套房，門已打開，彷彿等候多時。

走進去，採光優，空間大，衣櫥也大。抬頭看天花板，有些地方已受潮，白色油漆脫垂，結成一條鐘乳石。這確實是老房子，但再怎麼愛老房子的人，應該很難認同這個房間很棒。我想房東先生U已經嚴重時差，他到底曉不曉得那處很棒的家早已面目全非。

房東先生U，你還是拿那筆招待我的費用，把臺灣的家好好裝潢吧。

房東先生V的安全考量

這回看房找了前室友小永和相伴。

抵達時，小永和還在路上。等候空檔，百無聊賴，我獨自到公寓對面張望。這幢樓沒有電梯，可外觀不老舊，保養得宜。公寓是房東先生V的家人一磚一瓦搭建，一樓自己住，上面三層全部出租。他現在專職包租公。我們來之前，正在三樓灑掃。等小永和出現，由他領我們上去。

樓梯微陡，爬到三樓尚可，但僅止於三樓，再多一層，就超越腳的極限。

門開，一條寬敞乾淨的陽臺宕開，這間房的前後陽臺皆寬大，陽光未受遮蔽，肆無忌憚地往屋內傾倒。房東先生V說屆時會準備全新大鞋櫃，一人一個，鞋櫃旁將設計一處放置安全帽、雨傘、雨衣的空間。幾乎所有細節——我們想到、沒想到的，全照顧周到。

跨進客廳，成套老式茶色酒櫥、木頭沙發與茶几。過去些是廚房，乾淨寬敞，水龍頭附有逆滲透。這間屋子四個房間全都格局方正，風、光線流通。一屋子的家具，都是房東先生V不久前去IKEA買回的，全新。我和小永和非常喜歡，幾乎是可以立刻簽約的那種喜歡。

小永和與房東先生V確認租屋細節時，我在一旁東張西望，赫然注意到冰箱斜上方竟設有監視器，正對廚房。怎麼會把監視器裝在家裡？他指了指我後方，客廳酒櫥旁也架了一支，那支監視器正對所有房間門。「萬一有人偷冰箱食物，你也比較好調查。為了安全啦。」他開始跟我們曉以大義兩支攝影機只是以防萬一，他不會一直監控畫面。

不應該這樣吧？

首先，這不是學校宿舍，住了上百名學生，只得仰賴監視器抓竊賊，現在才四個房間，偷什麼誰不清楚？何況房客素質本來是房東要第一線安全把關，而不是事後小人之心安裝監視器。其次，攝影機在屋內本來就涉及隱私問題，我們全為女生，誰知道你在監視器那端如何。

在女生租屋處，用安全來合理化室內監視器，實在不舒服。

小房東W的道歉

在臉書聯繫上小房東W，話沒兩句立刻知道她是個愛乾淨的人。在過往經驗裡，鮮有人在預約看房前，劈頭便談廚房整潔之事。會談就意味著在乎。

過去幾次租屋經驗，我剛巧都遇到大而化之的房客，每次接續他們之後使用廚房，只稍瞄一眼瓦斯爐臺，便能從散落的食物殘屑推知他們煮了什麼。若不處理，很快地，螞蟻左鄰右舍相邀從洞穴穿出，沿著洗手槽緣萬里長征到食物邊。更遑論不時有刀子亂丟，一沒留心刺傷手指，或者沙茶罐頭瓶蓋沒扭緊，倒翻整冰箱……太多太多了，偏偏每次收尾的總是我。

小房東W的提醒反倒讓我心安。

搭上公車，從永和晃啊晃地穿越新店，來到木柵。徒步一段路，越過高高低低的小坡，抵達巷口，巷弄內起高樓，這區沒有老公寓，全是電梯大廈。按址抵達粉紅高樓前。我低頭傳訊給小房東W，告訴她我到了。

過了許久，小房東W終於已讀，緩慢回傳：「啊啊啊抱歉！」怎麼了？那麼驚恐。我回了一個問號貼圖。再過幾分鐘，訊息遞回：「房屋昨天晚上出租了……沒有及時告知妳。抱歉！」作為卑微的租客，我除了說好、沒關係，不知道還能說什麼。

重新撐開陽傘，朝公車站再徒步一段，發現天空越來越暗。這真是我熟悉的木柵，極容易下雨。坐進公車不久，外頭開始飄雨了。雨總是微妙，過了公館旁的地下道，越往北車方向走，地板就越乾。住木柵的時候，我總想天空是傾斜的吧，把烏雲都滑到木柵這端。

此刻我想租屋運也是傾斜的吧，把好運都滑到不屬於我的彼端。

眼睛在頭頂的房東太太X

走在捷運站後方的巷弄裡，放眼望去盡是年事已高的公寓，一旁響起雷鳴似的怪手聲。

轟轟轟——，越靠近目的地，怪手聲音越大。原來這區的公寓正在進行都更，黃色大怪手立在碎石瓦礫堆上，轟隆轟隆繼續敲碎另一半水泥牆。不會吧。低頭看了google地圖，千真萬確，目的地已到。

我想掉頭。誰想租在工地附近，每天忍受噪音與灰塵？那，要現在落跑嗎？可是，千里迢迢來了，給個機會吧。

我硬著頭皮按下門鈴。房東太太X幫忙開大門，我順著樓梯來到二樓。房東太太X一身豹紋勁裝、頭上用大鯊魚夾盤起，那雙紋了黑眼線的眼睛盯著我打量，問：「就你嗎？」我點點頭。她轉身領我上樓，不長的路，那神色像要扒光一個人，她頻頻探問我的背景，做什麼？結婚沒有？啊，博士啊，女生念那麼高幹麼？我在心底續上她沒說的：讀那麼高，還不是要低頭來跟我租房子。真後悔上來。

開門，客廳只有冷色調的深綠地板，沒有任何家具，左側用木板隔了一間一坪左右的房間。房東太太X說那間是移工住的，一個月四千五。正對那間房就是待租的房間。

她推開門，正對著大窗戶，而窗外是另一戶人家的窗，站在門口能望穿兩個房間，房客動靜豈不被人看光？我覺得不舒服，但又不好意思掉頭離開，只好故作興趣地看窗戶旁邊的大系統櫃。

我試圖打開大系統櫃的門，可那個凹槽任憑手指怎麼鈎也鈎不開。房東太太X見狀：「這個櫃子後半邊是隔壁房的，房間是用系統櫃隔開，變成兩間。」也就是說整面系統櫃等於一面牆的概念，左邊空間是隔壁房的，右邊是這間房的。

隔壁房間住著一對夫妻，先生是工人，太太沒工作。再過去一間住著女接線生。房屋四間房共用一套衛浴。衛浴設備已破舊，不堪的程度媲美日本鬼片裡出現的房舍。夜晚一到，魍魎降臨。

不確定房東太太X是不是在過程中感受到我興致缺缺，我們走到前陽臺看外頭風景時，她不耐煩地問：「看好了沒？」我忍住從丹田即將噴薄出來的怒氣，不斷告訴自己：在越糟糕的人面前，越要優雅。即使禮貌與從容都是知識分子自以為是的優越感，房東太太X那種人絕對感受不到。那何必怨懟。我深吸一口氣，優雅地點頭。

房東太太X關上大門，領我下樓。「這排房子會被都更嗎？」我問。房東太太X張口的時刻，怪手剛好敲打磚屋，轟隆聲蓋過她的聲音。「我聽不見」，本來想請她大聲點，但想想沒聽到也好，反正她也說不出什麼好話。我繼續優雅微笑，彷彿聽到一樣。畢竟這房都更不都更，也不關我的事。

房東太太Y的快問快答

頂著大雨搭上公車，來到文教氣息濃郁的溫羅汀區看房。剛抵達門口，我傻住了。一樓大門貼滿抗議紙條，靶心針對隔壁披薩店，亂箭撻伐。紙上以鮮亮的螢光筆標出訴求：危害健康、破壞居住環境，直擊現代人最在乎的幾大事情，我心生卻步。

倒退幾步，抬頭數了一下公寓樓層，一二三四五六，租屋處離披薩店有些距離，是不是好一點？不曉得，只確定內心長出疙瘩。

房東太太Y開了一樓大門，大門內有座迷你庭院，沿路到電梯口非常乾淨，只是牆面上如影隨形抗議剪報，讓疙瘩持續擴張。

電梯抵達六樓，房東太太Y已立在門口迎接。

見到房東太太Y第一眼，我脫口問樓下抗議剪報的事，說完才驚覺還沒踏進屋子就問這麼尷尬的問題，好像有點冒失。但她笑了笑，似乎不是第一次應對，卻也只是打太極地回答：「那對教授夫婦書讀太多神經質啦，整棟樓只有他們抗議。披薩店都已經拿出數據證明他們合乎規章了。」我不死心，接問：「教授住幾樓？」「三樓。但我們住在頂樓，不用怕啦！」我沒再追問，擔心被歸類為神經質的人。

踏進公寓，那是間五十多坪大的公寓。「這房子是十多年前裝潢的，花了四百萬。」她說。系統櫃、和室、陽臺造景，即使時隔十餘年，也依然華麗又不失溫馨。

要租的房間靠近大門口，近四坪，是唯一帶陽臺的房間。這幢樓是方圓百里相對高的公寓，放眼望去毫無遮蔽。占據半面牆的大窗戶，像巨型掛畫，畫裡工筆描繪公寓頂樓、天臺與灰濛天空。

房東太太Y在一旁細數住過這間房子的租客們，全是品學兼優的褶子，離開的理由只有兩個——出國留學和工作。「這裡氣場很好喔，你住進來就可以感受到了。」

她循例問我的學歷，知道後，忙不迭搭腔：「我女兒也讀C大。」這不是頭一回遇上，好多房東太太的小孩年齡與我相仿，學經歷背景也相像，但是我們的生命際遇卻大相逕庭。我在北城找工作、尋房子，房東太太的小孩多已遠赴國外，成家也好，求學、工作也好，沒什麼顛簸就來到人生郅境。

房東太太Y領我到客廳，聽她分享朋友小孩的租屋案例，盡是一些不良房東，那背後的用意我都懂，透過對比，反差出自己的好。她提及一位年紀不滿三十的女孩，換屋時，舊房東竟主動要幫忙她搬東西到新家。房東太太Y頓了一秒，忽然反問我：「念C大的，要是你，你會答應嗎？」都這麼問，答案絕對是NO。我搖頭。房東太太Y追問：「為什麼？」我一時答不出來。房東太太Y給出提示：「他要搬到你新的家欸！還是男生！」喔喔，這提示太明顯。「這樣不安全啊，怎麼能讓男房東知道新住處呢！」房東太太Y眼睛發亮，一邊伸出右手食指比向我的臉，一邊拍案：「對！念C大的，這道理你懂！但那個妹妹都不曉得！來，房租幫你去尾數！」

房東太太Y，再問我問題再問我問題！（百萬小學堂狀）

與房東阿公Z的緣分

那是一間地點好又價格便宜的房，租金什麼都包，只要七千。

想多瀏覽一些細節時，發現只有一張鏡頭模糊的房間照，接看底下簡潔的文字敘述寫著「採光佳大雅房，水電瓦斯網路全包」，完全是社區公布欄上的租屋文，我約莫猜得出房東的年紀。

撥電話給房東，對方「喂」一聲，果然，是老伯伯。我問：「請問是ㄌ先生嗎？」房東阿公Z在那頭頻頻「喂喂喂」，糟糕，他重聽了。我不斷拔高音量、放緩說話節奏：「請——問——是——ㄌ——先——生——嗎？」吼了三遍，他總算聽見，當機反過來問我：「你怎麼知道我姓ㄌ？」因為租屋網上有寫啊。

「喔喔喔，那你電話幾號？」我在電話這頭一個數字一個數字喊，房東阿公Z依然在遠方「喂喂喂」，我只得用盡氣力重喊數字，他終於聽見了！

房東阿公Z取筆記下我的電話，速度緩慢媲美蝸牛，零——九——……，倒數第五個數字，房東阿公Z忽然卡關了。我在這頭吶喊「七——」房東阿公Z仍然聽不見，焦急地問：「你說什麼？還剩幾個數字了，你要講完啊。」我湊近手機，不斷三百六十五度轉動機殼，認真尋找哪個位置是收音最好的。「杯杯，是七——」、「喂喂喂」、「七——」、「喂喂喂」。在語言學裡，七是氣音，最輕，最難傳進杯杯的耳裡。七了老半天，喊得渾身顫動，對方聽不見就是聽不見，芝麻開門的石門抵死不開，這樣下去不行，我跟房東阿公Z說：「我等下把號碼傳訊給你，不要記了。」才講一次，他全聽見了，即刻回了聲「好」，掛掉電話。

這通電話講完，覺得喉嚨好累喔。

⊘⊘

翌日早上，房東阿公Z撥電話給我，告知要出門。他應是個老派而謹慎的先生。

那間房離師大五分鐘路程，按址來到金山南路，立在一樓大門前，我傻住了，那棟樓是父親三十年前的租屋處。

來不及反應，房東阿公Z已經倚坐在一樓石垣，側頭看我，旁邊有外傭相陪。他要外傭先領我上樓，語帶朦朧地對我們說：「你們先上去，阿公腳不行了，要慢慢走。」

那裡是目前我見過最特別的樓，口字型，中央有天井，天井是座小花園。樓梯更為少見，長長的之字形，鋪著豔紅地磚。我們爬到三樓，外傭開了鐵門，我跟著她穿過暗暗的小客廳，來到出租房間。那個房間有兩扇大窗，一側頂天大衣櫃，門後還有良好的老式收納夾層。這間房不差，卻帶著一言難盡的蒼老。

我抬頭，臨窗天花板釘了一根長長的不鏽鋼桿。問了外傭，她搖搖頭，不曉得，要我自行隨意看看，便離開房間，獨自下樓找房東阿公Z。

我獨自步出房門，沿著走廊抵達盡頭，右側是大廚房，臨窗正對天井，玻璃窗已被陽光晒黃，讓整間廚房呈現復古色調。系統櫃也因陳年使用，顯得黑黑髒髒。廚房對門是衛浴，衛浴旁還有個小房間，左方是洗衣機，右方被隔出小淋浴間。我發現這間屋子沒有陽臺，倏忽明白房間上方的不鏽鋼桿就是讓人晒衣的意思。

折回房間，房東阿公Z已氣喘吁吁坐在床上，見到我，直問：「你看得怎麼樣？這裡真的很方便。而且我的租金十幾年都沒有漲價過。」這是真的。十月是租屋淡季，房東多半選擇降價，但他沒有。

沒有陽臺晒衣是我考慮再三的主因，我請房東阿公Z給我點時間斟酌，他爽快應好，「我租屋幾十年，很會看房客，真的很希望你能住進來。要快決定喔，不然會被別人租走。」

離開後，我將那張模糊的房間照傳給父親，問他記不記得這裡？他迅速辨識出來：「就我以前住的地方啊，那間是主臥室。」

父親二十多歲北上工作，沒有租屋網的年代，他往來公園或校園附近的布告欄尋找租屋貼文，偶然在電線桿上看到租屋公告，聯繫上房東先生。這屋子，他只看一回便一見鍾情，很快簽約。

彼時一個房間住兩個男生，傍晚，大夥兒相邀上湘菜館吃飯，每回總叫三樣菜一道魚一道肉；消夜則到對街的永和豆漿喝碗豆漿配燒餅，或者到永和豆漿隔壁的包子店，肉包菜包買十送一，一群男孩三兩下吃淨。

「還有啊，四樓住著畫家鄭善璽。我每天都看見他提著公事包去師大上課。鄭先生很喜歡我室友，送了他幾幅畫，現在那些畫都翻倍，真是賺到了。」

父親想起那段租屋歲月，一開口便停不下來。

「那裡環境很不錯，我住到結婚才搬走。後來房東兒子結婚，把屋子收回去，給兒子住。」父親不知道的是，多年後兒子搬離，屋子重新招租，但這回限定女生，不再招男生。

這棟房幾年了？父親想了想：「我那時候住已算是老房子，算一算，到現在大概五十年跑不掉吧。」五十年！鄰近的房子都已都更完畢，改建新樓，這房竟沒有。

「你還記得房東姓什麼？」「ㄌ嗎？」「對！」「喔喔！房東先生以前是蓋房子的。」那時ㄌ先生很勤快，每個月親自到租屋處收租金，偶爾還帶點吃的給他們。而現在，他已經是個連爬樓梯都感到困難的阿公了。

真想告訴房東阿公Z，人生有那麼一天，因為這屋子，相逢了以前房客的女兒。也許五十年，是為了相遇也不一定。

獨白——習慣，不習慣

二月初，結束一段長長的研究所生活。我離開臺北，搬到永和，開始新階段。

新家位居眷村，獨棟透天厝櫛比鱗次地捱在一塊兒，從巷口往巷尾看去，窄仄的路面停滿機車，視線往上，從左右兩側建築物延伸出的鐵窗和窗臺，麻麻密密，讓人錯覺以為到了香港。

「這裡好像難民窟，好可怕喔。」朋友初訪時忍不住這麼說。

然而，我還是住進來了。

搬家日，是今年冬季最寒冷的一天，還下著雨。新家的氣溫只剩十度，濕度卻飆升至九十，又濕又寒，凍得我鼻水直流。當晚，準備洗澡，才發現新家屋齡老，熱水器、水龍頭內部都出問題，使其流出的水溫始終偏低。住在對門的J早我一週搬進來，已經洗冷水澡好幾天了，在寒流侵襲下，洗到感冒發燒。

我們一起撥電話給房東，請她無論多晚都得找人處理。晚上十一點，我們總算都洗到熱水澡。但，隔天，水龍頭故態復萌。J宣告不洗了。只剩我，瞪著那不斷流出的冷水，掙扎著該不該洗。最後，還是向潔癖妥協。心一橫，憋氣，讓水迅速流過身體，我忍不住直打哆嗦。儘管洗完穿上衣服，餘寒猶在，身體無法控制地發抖。

再打電話給房東，水電師傅二度出現，他幫我們換了一臺全新熱水器，可是水溫情況仍未好轉。水龍頭像彆扭的小孩，令人摸不著脾氣。寒流始終未退，我連續洗三天的冷水澡，總覺得這樣練下去，應該可以上少林寺了。

洗到熱水澡之前，水電師傅每天來浴廁報到，熱水問題依舊沒解決。最終，他找到問題癥結，原來是水龍頭內部零件壞掉了，冷水不斷越界到熱水這頭，喧賓奪主地霸占整個出水口。他幫浴廁重新更換零件，熱水總算回來了。

⊘⊘

一個問題解決，另一個問題又來。

收件。

長年住宿舍，收信、收包裹全由管理員處理，不曾傷腦筋過，到此刻才曉得這也是個麻煩。

早上八點多，被郵差先生一聲「徐禎苓掛號」叫醒，睡眼惺忪披上外套，奔下樓時，郵差先生消失了。下次不管丟不丟臉，絕對要開窗對一樓喊一聲，請郵差先生稍等一下。

隔日早上，同樣時間，我再度被同樣的臺詞喚醒。

這次我立刻開窗，對一樓的郵差先生喊話，然而聲音太小，鄰居大媽的宏亮嗓音完全壓過我，她說：「他們白天都不在家啦。」接著，我聽見郵差先生發動引擎，準備騎走。「我在啊我在！」我在樓上喊，聲音還是傳不到他的耳裡，還穿著睡衣的我，情急之下拔腿狂奔下樓，追著郵差先生的騎車背影。

好險，他沒有騎很遠。我氣喘吁吁，面對他，什麼話都說不出來，只是指著我家大門，他就懂了。「哦，你就是徐禎苓喔。」我接過信的時候，他噗哧笑了出來。這笑我讀不懂。

回到家，照鏡子，才發現我的瀏海經過徹夜輾轉，竟然整排飛起，形狀貌似遮雨棚，才恍然郵差先生笑中有話。

我恨收信。

郵差如此，宅急便先生則愛挑我出門時間來送貨。

兩次投遞不成功，他索性撥電話告知我，要請隔壁鄰居代收，完全不顧跟他再三解釋：「我根本不認識對方。」但是，宅急便先生只在意手上的貨有沒有成功送達，完全不在乎我的尷尬。這通電話他不讓我有任何辯駁機會，對方「嗶」一聲迅速掛斷，徒留這頭的我還在話筒邊「欸欸欸……」，像歹戲拖棚，而觀眾早已轉臺。

等我回家，戰戰兢兢按了鄰居門鈴，一個外省老奶奶前來應門，用著很濃的鄉音說很多我聽不懂的話。比手畫腳，確認是我的包裹後，她請外傭幫忙把那包重物移到門口。我忙不迭向老奶奶抱歉造成困擾，她笑笑講了句唯一我聽懂的話：「都是鄰居，沒關係。」也許，這就是眷村讓人覺得可愛的地方吧。

⊘⊘

老眷村還有個難以解決的問題，就是隱私。房間的窗戶面對另個房間的窗戶，一下就看盡彼岸風光。不過，這是事小，因為窗上還可以安置窗簾，遮蔽窺看。可是，聲音、氣味無法，它們太霸氣了，越過牆壁，飄過巷弄，滲透我的房間，遁入耳蝸，探進鼻息。

大概牆壁太薄，隔音過差。每到晚上，對面巷弄住戶說話的內容、笑聲、歌聲，又或者是快車道上奔馳呼嘯的車聲，都聽得分外清晰。再晚一些，隔壁棟熱水器開始嗡嗡作響，然後是淋浴的水聲，彷彿他們就和我住在同個房間裡。

J也說她房間裡有一扇窗正對防火巷，防火巷的牆上掛滿熱水器，尤其冬天，熱水用得凶，熱水器幾乎徹夜大響，她根本無法入睡，從搬進來第一天起，她都得依靠耳塞才能安眠。

我們再度撥電話給房東，房東也愛莫能助，只消極地安撫：「可能剛進來還不習慣，再適應看看吧。」

房東不曉得，對於淺眠的人，僅微微的聲音，就足以把人勾出夢境。習慣是一回事，至今一個多月了，我仍舊無法適應噪音。

眷村最安靜的時刻反倒是白天，大家都出門上班、上學了，獨我在家。這段寧謐，正好用來讀書寫字。在桌前，陽光自窗戶灑落，無須開燈，也亮得通透，此刻根本是量身打造的工作時光。

常常，等我嗅到鄰居家傳來的菜香，無須看鐘，就曉得時間已近中午。悠閒放下書本，擱下手邊工作，到一樓廚房備菜、料理。

有回，為了等候燉洋芋肉片燒，在爐火旁看小說打發時間，看到盡興處，竟漏忘鍋內動靜，直到鍋子發出ㄘㄘㄘ的吶喊，才猛然掀開鍋蓋，肉片、洋芋已焦黑。清理完，將垃圾打包出門，鄰居見了，砌滿笑意地問：「你今天煮什麼？好香喔。」啊，我忘記在這條巷道裡，氣味是相通的，下意識將手上垃圾靠近自己身體，低頭怯怯地答：「致癌物。」

我也和這棟透天厝的住戶們一起共享氣味。好幾次，樓下大媽煎魚沒開抽油煙機，氣味漫漶，整棟樓變成一條魚。

我特別喜歡傍晚左右的聲音。住家附近有間幼稚園，小朋友放學，他們會用甜甜的細嗓，和老師同學說掰掰。我喜歡聽他們說掰掰，那種掰掰不是很久以後才碰面的，是預約好明天相見的意思。對於小孩，掰掰，是期待，不是茫茫等待。

在眷村，我們共聞共聽共生。

⊘⊘

慢慢感受眷村的集體生活，還來自於家門斜對角的廣播器。

通常是早上。

那天八點四十五分，廣播器說話了，它說九點要大消毒，通知大家趕快把衣服收進室內，並且緊閉門窗，不要外出。

「不過就消毒嘛！」我想像有人身上揹著小型消毒機器噴水溝蓋。不管它，繼續慢條斯理在流理臺削蘋果。準備動刀時，發現鄰居大媽們的聲音開始淡下來，很快就無聲了。

想到晒在頂樓的衣物與一樓相隔一段距離，要特意收嗎？還是收下來好了。放下水果刀，緩步登上頂樓。這時，我已聽到外頭消毒機器作響，直升機起飛那般轟然巨響。從頂樓向下看，一股濃烈白煙往上竄，高至新家頂樓，彷佛瓦斯彈爆開。不到幾秒，消毒氣味伴隨白煙迅速蒸騰上來。「這消毒，太徹底了吧！」我迅速把衣物收下，衝回屋內。

驚魂之際，真沒想到這裡的消毒搞得像空襲。

依舊是白天，卻第一次聽到廣播器傳來大陸方言。說話的是一位老榮民，微慍道：「老蔣總統的……總統府……集合抗議……謝謝。」我斷斷續續聽懂幾個關鍵詞，但只消知道前一兩天才發生的蔣介石靈柩潑漆案，就約莫能補全這句話要說什麼。

當歷史重新評估之際，蔣氏家庭、國民黨的功過正被檢核，這群人始終心心念念老蔣，無論時局高呼什麼，也無論反攻大陸的諾言終究落空，他們不曾棄守，不曾背離。我彷佛在方言裡，聽到比國語更具撼人的力道，感受說話者多麼策略、又多麼希望透過這群人的共同語言，召喚信守的意念出來。

我不曉得最後有多少人站出來抗議，但對於他們護守老蔣符碼的模樣，好像能略略憫恤。

⊘⊘

三十餘年前，父親在臺北上班。幾乎每天晚上，他和朋友相邀來世界豆漿大王吃消夜。微焦的豆漿氣味、燒餅和麥芽酥餅的口感、油條的酥脆，都是他最愛的幾樣。

搬來眷村不久，父親知道這裡離世界豆漿大王不遠，假探我之名，行懷舊之實。我們在二十四小時之內，光顧這間店兩次。一次吃午餐，一次買消夜。

父親告訴我，這間店這麼多年來幾乎沒變，一樣這麼寬敞，豆漿也同樣好喝，可惜油條換了麵粉，不再同以前又脆又香；酥餅也不是自行夾取，都放涼了，口感也不那樣酥了。也許對人們來說，真正的美食只出現在記憶裡。

父親說的時候，我沒有什麼感受。就連點餐，我都猶豫許久。這些餐點不過就是尋常中式早餐店的菜色，實在不曉得父親的執念與失落。看著菜單，胡亂點了蘿蔔糕、飯糰和小籠包，幾口下來，也不算驚豔，豆漿大王的好只屬於父親的。

要搭往臺北市的公車站牌，在世界豆漿大王附近，乘地利之便，現在我會在搭車前到那兒買早餐。瞎點。直至第一次吃到蘿蔔絲餅，一口成主顧。我終於也跟父親一樣，在這間店找到念念不忘的味道了。

都是快不得的熟悉，如燉菜，小火焙著，才能煨出味道來。感情也是吧。不曉得哪天，對於眷村、對於永和，也能找到那種忘不掉、捨不得的情感。

第二話　變身房東

List 1 房東守則

唯一一條：騙

熱身準備

距離搬家還有兩個月，身旁的朋友開始催促：「你快看房吧。」原想安撫他們，別擔心啦，那麼早找有什麼用？看到心儀的又不一定搭得上舊屋租期，到時候違約不也麻煩嗎？內心話還沒脫口，倏忽想起去年也是那麼信誓旦旦，豈料錯失時機。現在我不敢多說什麼，只能應諾。

臨睡前，閒逛租屋網，竟看到心儀物件，地段佳，價格也算公道，但對方要求入住時間比我預期的早了一個半月，還要去看屋嗎？疑問在心裡盤桓。根據過往經驗，照片不一定等於現場，不如等看過現況再來評估。我傳訊對方，約妥時間。

屋子位居溫州街，午後陽光灑下，在柏油路面剪影出樹的模樣。攀上公寓四樓，客廳大片落地窗，在實木地板上有小貓窩成圓圈，呼呼大睡。客廳後方是待租的房間。我第一眼便注意到大窗戶，窗外有樹，篩去毒辣的太陽，留下適當的光。三坪多的空間，擺了一個雙層滑動書櫃、雙人床、內嵌式大衣櫃，空間仍有餘。我很快確定就是這裡了，但對方卻道：「等下還有人來看房，我們幾個室友會討論要挑誰，過幾天再通知你們。」什麼？我是去看房子，還是去公司面試？

一週後，對方來訊，我被相中，相約兩天後簽約。

那頭準備履約，這頭租約沒到。我怯怯告知房東太太，她拉下臉來，語氣冷淡：「既然如此，請找下任房客，否則不退押金。」於是，我從租客變身成小房東。

趁著家裡無人，我立在住了將近一年的房子裡取景，熟悉的客廳、廚房、房間與浴廁，怎麼拍好像都無法全然拍出那份熟悉感，差一點，離現實還差一點。挑挑揀揀，勉強把照片上傳到租屋網，開始學別人寫租屋廣告。偏偏怎麼寫都覺得彆扭，那彷彿是一場自我揭露，和文學不同，這裡沒有修辭幻術，沒有擺拍，必須真實直白。圖文互涉，物質空間無所保留直射私我世界，比告訴一個人我是誰更裸裎。

租屋廣告上傳後，留言迅速湧來。

詢問者A：「你說房間的床是房東的，請問上面的床墊是誰的？」

（這年頭床的意思不包含床墊喔？）

詢問者B：「我好喜歡妳房間，可以給我地址嗎？」

我：「請問約何時來看呢？」

詢問者Ｂ：「噢噢，請給我地址好嗎？」

（你為什麼不約時間，一直跟我要地址？）

詢問者Ｃ：「你的書好多喔。我好想看現場。」

（什麼意思？我的書櫃跟書都沒有要出租耶。）

詢問者Ｄ：「請問能養寵物嗎？」

詢問者Ｅ：「水電瓦斯平均一個月多少錢？」

詢問者Ｆ：「室友們的年紀和職業為何？」

……？

我才知道那份廣告文充滿缺漏，究竟是初寫者不熟悉，還是潛意識裡刻意隔了一個空格？

先不管這些了，我把預約者按時間填進表格，安排妥當。先好好睡一覺，構思臺詞，明天小房東要正式上場了。

壓抑衝動

「拜託，能不能幫我問一下房東太太，讓我打掃家裡，我有潔癖，一定可以掃得很乾淨。」

距離看屋還有一個鐘頭，租客一號小姐傳訊來，商量能不能讓她取代掃地阿姨，整理家裡公共區。她需要錢。

租客一號小姐剛從南部大學畢業，不顧家人反對執意北上，現在暫居朋友家，生活飄晃不定。

我尚還已讀未回，兩根拇指懸在手機螢幕上緣，正思考怎麼回應時，她再度傳訊，告知人已在一樓。我望了時間，竟提早整整五十分鐘。

此刻，我正為了搬家打包行李，一身蓬頭垢面。要拒絕她提前看房嗎？應該要的，我卻回她：「好喔。」哪根筋不對，怎麼背叛自己答應對方。訊息傳出後有些後悔，還是草草把紙箱蓋好，推到角落。

租客一號小姐現身時，一身黑衣黑褲黑鞋黑包，皮膚被襯得細白，在那大黑大白的對照裡，她手肘上大塊暗紅傷疤立刻躍入我的眼眸，忍不住瞄了一會兒。

我當然沒有失禮詢問傷疤，而是按照房東太太吩咐，冠冕堂皇問了她的就業情況。「我目前接了一些設計案，同時兼職模特兒，之後還想去咖啡店打工，這樣生活應該比較穩。」她剛說完，我的心有點涼，房東太太才特意叮囑務必要找工作穩定的上班族。

我微笑點頭，繼續聽她的煩憂。「為了穩定的生活趕快來，我每天一大早出門，每天扛同樣的行李，搭捷運公車，四處找工作、看房子。但一直不順利。」

「要留在北城，真不容易。」我附和著，其實也說給自己聽。

兩年前的冬天，我準備從研究所畢業，越靠近離校的日子，內心極度惶惑，想留在北城，卻還沒有找到工作。

那陣子，我每天醒得比太陽早，睜眼之後慣性打開信箱，看看投出的履歷有無回音，但常常杳無音信，少數的回音全都婉拒。我急急詢問學長姊有無兼職工作，他們搖搖頭，安慰著：「等等看吧，運氣好就能剛好接軌。」這真是幸運者說的話。究竟要等多久呢？我感覺小蟲在啃蝕耐性，後來連盼望也一併吞食。

路已幾乎到盡頭，我忽然接獲通知，有份兼職工作；忽然又覓得租屋處，忽然又能繼續在北城落腳。那個神奇的時刻，我至今仍參不透是誰施力扭轉，讓我順利過關。

我沒有告訴租客一號小姐這些，只是帶她參觀、介紹房間和公共空間，如果可能，在不違背欺騙的那條倫理線，盡可能美化這間房。就算對這裡總總充滿不滿、不快，都無法多說什麼，深呼吸，壓抑住幾次吐露實話的衝動，一次又一次對自己說：新來者自有他們的感受。

租客一號小姐繞屋一圈後停泊在我房間，看看牆，看看衣櫥，她已經在構思搬進來後，東西該怎麼擺，只是她始終沒開口確定承租。

離開前，她再次囑託我：「能不能幫我問一下房東太太，我有潔癖，一定可以掃得很乾淨。」

我懂她的焦慮。

可惜沒能力保護她。

都能好好的

兩點整，分毫不差，電鈴響了。

第一眼，我只看見租客二號小姐的韓式細框圓眼鏡和眼鏡下方一彎粉紅微笑，定睛才看清楚被眼鏡遮住的五官，白泡泡的丹鳳眼與蔥稈式鼻子，拘謹盤伏在細白圓潤的臉上，安靜不聲張。

我領她上樓，循例問她怎麼來與職業。她帶著童音簡單自我介紹。

她六月中要從S大畢業，不想當老師，工作尚未有著落，仍在尋覓新居所，唯有一件事是明確的——留在臺北打拚。近日她遞出幾封履歷給出版社，正等候通知。

我旋開老式紅漆鐵門，咿呀一響，再扭開後方一道木門。「木門鬆了，開關門要稍微留意一下。」脫口這句話時，竟莫名熟悉，好像哪個房東曾對我說過。木門鬆滑，好像是當初不租的原因之一。而現在，不曉得租客二號小姐在意嗎？我講話要小心。

其實，這扇木門鬆滑的程度有些嚴重，幾次門被風吹開，惹得室友Y緊張兮兮，她一而再再而三提醒所有租客：「關門一定要仔細檢查！鐵門要上三道鎖！萬一遭竊就麻煩了。」

有回，我出門太過倉促，沒仔細檢查，只覺門已用力關上，應該闔緊了，直接扭頭離去。返家後，室友Y忽然找我，起了一個懸疑式的開場白，「你剛回來，有看到一個老杯杯嗎？」我歪頭想了想，搖搖頭。「剛剛回來，有個老杯杯一直跟著我。我原本要開門，怕他撲上來，立刻掉頭，往另一處走，讓他不知道我住在哪裡。」她面露驚恐，試圖強化故事的驚悚度。隨後，她指著我胸口，語帶責備：「以後關門一定要仔細檢查！鐵門要上三道鎖！萬一遭竊就麻煩了。」這真是一則標準符合起承轉合的警示文。究竟是否真的有老杯杯，或者，老杯杯有沒有可能是對門的榮民先生，只是懶得拿鑰匙，緊跟著室友Y。我不得而知。

我沒有向租客二號小姐傾訴那扇門或室友Y的事，直接進入房東模式，開始介紹公共空間。租客二號小姐話不多，像乖乖上課的學生，一邊細聽，偶爾點點頭，一邊仔細觀覽著，深怕錯過什麼。

她走到陽臺，我從背影注意到她穿著橘色花苞袖的緊身T-shirt，配深色牛仔褲，扮相有些成熟，是刻意扮大人，保護自己不被騙？她大概自己不曉得，那與稚氣的臉龐和聲音違和，她根本不像大人呀。

走回房間，我刻意將窗簾拉開至頂，窗外無高樓，陽光倒灌進來，屋子亮得發光。「白天需要開燈嗎？」這是她問的第一個問題。「不太需要喔，除非陰天。」我謹慎地回應。她點點頭，探頭望向窗外，「這方位是？」坐北朝南。她又點點頭，比剛剛的擺幅再大些。我直覺她會租屋。

其實看屋也不過如此，採光、通風、空間。當初房東重新整修時，深諳此理，打掉一部分後陽臺，拓寬房間，管線重新拉過，讓老公寓新生。「這房間很不錯。你為什麼要搬？」租客二號小姐問了第三個、也是最後一個問題。

該怎麼答呢？

我住進來前，房東特意請工人重新粉刷牆壁。豈知一個月後，舉凡雨天，臨靠陽臺的牆壁，白漆撲簌簌脫落，白粉末掉在桌邊，牆壁裂出痕紋。另一端緊連浴室的牆，則因暗嵌抽水馬達，每日哮喘，喘到馬達快爆炸，我的耳膜也是。

白漆可以灑掃，噪音能以耳塞抵擋，但有個問題，我不知道如何解決。那是搬入之後幾個月，對門新來一個篤信密宗的女生。她入住第一晚，拿著薰香在屋子內外走動。原以為她對氣味敏感，聞到什麼異味，故以薰香鎮壓。數日後，她囁聲告訴我，這房子有條靈異通道，自大門口直穿我房間。「你不用擔心，我已經作法解決了。如果你在房子看到一些擺陣，千萬不要動它。」而她每晚臨睡前，以薰香薰整個房子，說是辟邪。那濃烈的薰香穿過門縫，流入鼻息，在我的睡夢裡驚起一陣雷鳴，我醒了。漆黑房間，想到她說的靈異通道，不禁頭皮發麻。睡不著，夜又太靜，白天沒注意到的細微聲音全都現形了，櫃子、牆壁、柱子輪流嗶剝響，我睜著大眼，捱到月落。究竟是真的有鬼，還是自己的心魔作祟？我難以分辨，但夜夜無眠。

這些要說嗎？

「因為通車麻煩，我想搬到工作地點附近。」我嚥了一口，連同落漆啦、聲音啦、怪力亂神啦通通嚥進去，一切都是幻覺。然後推敲一個合情合理的說法搪塞她。

租客二號小姐點點頭，再次瀏覽房間與公共區，一字一字堅定吐出：「我確定要租，今天能簽約。」什麼？你不再多考慮嗎？「不能考慮了，我學長耳提面命，猶豫的話，房子就會被租走。」太快了，一秒前一秒後，我變成這間房的前房客，內心陡然失去一塊，空空的。

「我忘記說，房間因拓寬陽臺，銜接處的地板有點不平喔。還有啊，有人洗澡可能會有點聲音。」我在幹麼？我幹麼說這些阻撓的話？難道良心最後一刻迴光返照？租客二號小姐依然神情篤定：「這些還好，我都可以接受。」

那好吧，才接待第二位房客，我的小房東生涯宣告完結。

⊘⊘

幾週後，我遷移新居。將鑰匙歸還房東太太時，她告訴我租客二號小姐在簽約那天，帶了一個男生相陪，兩人細察契約條文，還要求房東太太拿出身分證來核對。「我從來沒有遇到這種，那麼謹慎。」她笑了笑。

租客二號小姐雖然外表孩子氣，倒不是省油的燈。也許她正知曉自己外貌太過孩子，才要更機警。那身成熟扮相無論是不是偽裝，都明白透露她的態度，只是我、房東太太沒當一回事。

與房東太太最後相聚了，我問起前房客們有沒有反映過噪音問題，或者，有什麼怪怪的地方？在沒有冷氣的客廳，我倚著一把吹也吹不涼的電風扇，汗如雨下，她手持一臺隨身型的小風扇，臉沉下來，想了想，說：「沒有啊！你放心，這間房幾年前才重新裝潢。而且，我會挑房客。」她開始說起前房客們的八卦，離婚啦、小三啦、性格陰沉啦。房東太太真的很會挑房客。不知話題怎麼兜的，兜到了對面老公寓。她說，多年前對面公寓曾發生死亡意外，據說是瓦斯外洩，租客一家三口全一氧化碳中毒，後來那位房東飽受房客的家人圍剿，身心難耐，自殺了。

我想到密宗室友說的靈異通道，汗水立刻凝止，手臂現出雞皮疙瘩。「你不用擔心啦，是對面，不是我們，而且你也搬走了。」日光斜照，將房東太太胸口那尊玉觀音照得閃閃爍爍。她撥弄了幾下觀音項鍊，起身送我下樓。

關門前，她忽然上半身前傾，向我鞠躬道謝，謝謝照顧她的房子，還找到接手的房客。語畢，門毫無留情地掩上，我們緣分已盡。

而租客二號小姐的租屋路正長，我相信她不是省油的燈，一定能好好的。

第三話　租客美食單

南瓜米粉炒

新竹拜竹風之賜，米粉聞名。米粉炒，對於新竹人是再普通不過的家常料理，也是小吃攤最常出現的菜單選項。

在臺北生活多年，我鮮少吃米粉，不是這裡沒賣，而是口感不對。那米粉太軟綿，毫無咬勁。偏偏身在異鄉，偶爾想吃米粉，卻屢試屢失望，後來乾脆忍著，等返鄉再解嘴饞。

今年，我搬入一間有廚房的家，開始自行料理三餐。

第一道就是做米粉炒。

米粉炒是祖母的常備料理。那時祖母身體還很硬朗，晚上我補完習回家，經常飢腸轆轆，和祖母討吃。她會從冰箱翻出菜、肉或海鮮，和米粉一起拌炒，配料按當令蔬菜來變化，迅速炒出帶時節氣味的米粉來。

我翻開家裡冰箱，有切一半的南瓜、兩瓣黑木耳、一株蔥、一盒還未開封的絞肉，取來當米粉配料，這道料理無須特意採買，像即興小曲，冰箱有什麼就用什麼，自在就好。

米粉炒，其實不難。

備料洗淨，將木耳切絲，帶皮南瓜切小塊，蔥切段，加點油熱鍋。然後，放入絞肉，炒熟，再陸續擱進蔥段、南瓜丁，邊拌炒，邊加少許鹽和醬油，再添白開水，讓水淹過食材。蓋上鍋蓋，等南瓜熟軟。

這時，另開一鍋滾燙熱水，把米粉球放入，待米粉軟化，瀝乾水分，迅速撈起。

等南瓜熟透呈膏狀，將剛煮好的米粉倒入，一起拌炒，過程中，鍋中必須保留些許水分，米粉過乾不易入口。拌炒均勻，讓米粉全裹上金黃的南瓜膏汁，即可盛盤上桌。

我用筷子捲了一些南瓜米粉。米粉夾著脆口的木耳、軟嫩的絞肉，一邊咀嚼，一邊感受帶有層次的口感。微潤的米粉，十分滑順，而當季南瓜正甜，不用太多調味料，也能吃得出食材本身的鮮與甘。很快我又捲了一些到筷子上。

我沒有忘記拍下南瓜米粉炒，傳訊到家族群組。此時，祖母正在病院裡吊點滴，吃流質食物，每天心心念念要回家。在視訊畫面裡，祖母看著那張米粉炒照片，定格了好久。她慢慢抬起頭，對著鏡頭、對著我，舒展眉心，笑著說：「人家說南瓜潤肺益氣，養顏美容，對身體很好。這以前教你的，都學起來啦。」

那是在中壢念研究所的時候，對於學校餐廳和消夜街的食物，萬分不慣。室友也是，於是她從家裡偷渡來電鍋和電磁爐，我們寢室因此常開伙。我和祖母學做米粉炒，也學了點營養學，帶去宿舍獻寶。

一晃眼，都是很久的事了。

如今，我不再是學生，為了工作，換了一座城市生活，開始練習在社會上生存，也學習從飲食照料自己。搬入新家的此刻，這座城市正走到冷熱不定、晴雨交替的時節，忽然想起家鄉味、家常味，幫自己做盤南瓜米粉炒，提醒自己，是個有後盾的人。

大陳年糕

首次租屋選了永和老眷村。簽約當天，我問房東太太ㄉ周邊環境，她知道我沒有車，主動說要騎車載我認識附近。

永和非常多巷弄，有些住了很久的在地人直到現在每回出門還能找到新路徑，並且驚訝著：原來這條路走出來就是某地啊。房東太太ㄉ已是老手，車子遊刃穿梭其間，一會兒旁邊開始出現雜貨店、廟宇、圖書館。幾個交叉口後，忽然就踏入傳統市場。這間市場最靠近住屋，房東太太ㄉ以前經常來。她推薦了幾間不錯的水果攤後，指著旁邊沒有招牌的店面，告訴我：「這間ㄉㄚˋㄔㄣˊ年糕很有名，非常好吃。一定要吃看看。」

ㄉㄚˋ ㄔㄣˊ年糕？我對幾個字陌生，連國字都不曉得。

後來終於知道這四個字就是「大陳年糕」。大陳即浙江省大陳島，這區眷村先民源自此，是最後一批跟隨蔣介石遷徙來臺的人。

我聽朋友說過，他們家也來自大陳島。當年國民黨詆騙人民去臺灣玩，一行人傻乎乎地跟上，什麼家當都沒帶，赤手抵達臺灣，才知道再也回不去了，怎麼辦？只好做勞務，賣小食，一邊賺錢，一邊以家鄉食物安撫念家的心情。

我打算親赴那間年糕店，才驚覺房東太太ㄅ的機車路線像《糖果屋》裡那對兄妹沿途作記號的麵包屑，早被時間偷偷啣走。任憑我怎麼繞都繞不到原初的地方，倒是房東太太ㄅ提到的大陳年糕銘記在心。於是每次經過住家巷口的大陳年糕店，我總特別留意，尤其過年時節店外大排長龍，對這間開業四十年以上的老店與年糕，更添好奇。

某天下班回來，趁著店快打烊，沒什麼人排隊，我趕緊到年糕店買了一包。

大陳年糕貌似圓條狀的韓國年糕，煮法能鹹能甜，能湯能炒。我對年糕的煮法素來有刻板印象——舉凡閩南客家的圓形甜年糕，一定要油煎或裹粉炸，其他地方的年糕，我只接受鹹食，譬如韓國辣年糕、炒寧波年糕，乃至於大陳年糕。

炒大陳年糕是道簡單又隨興的料理，配料端看自己喜歡，抑或冰箱有什麼食材。像房東太太ㄅ會將高麗菜、紅蘿蔔、木耳切絲，配上海鮮或蝦米，有時候也加雪菜、蛋皮和肉絲，沒有絕對。

從真空包裝裡取出一排年糕，摸起來扎實，用力切開相連的年糕。一旁，油鍋已熱，將蒜頭、蔥段和辣椒置入鍋中爆香。家裡沒什麼菜，改入香菇、丁香魚和肉絲，逐一炒熟，最後加年糕，添點水，拌炒。

起鍋後，我迫不及待夾起年糕，細細吹涼，咬下，看似煮軟的年糕其實頗有嚼勁，比韓國年糕還要厚實。坦白說，我不習慣那種口感，大陳年糕是需要細嚼慢嚥的食物，貪不了快。因慢嚼恰恰能感受煮飯人手藝，年糕是否入味，都在過程中決斷出來。

下次把水換成高湯好了。這麼想的時候，才意識到那口年糕在我的嘴裡咬好久，附在上面的菜香都消散了，像咬久的口香糖，越來越無味。說是簡單的料理，也不那麼輕而易舉，反倒因為簡單，有更多細節要留意。

我還有一段路要走。

紅麴蔥花蛋

打從料理三餐，我經常在網路上瀏覽食譜或煮菜節目，幾天前看到幾則紅麴料理的教學片段，感覺不太難。逛超市時，不假思索從架上取下一罐紅麴，想回家如法炮製。

先從困難度最低的紅麴蔥煎蛋開始吧。

先打兩顆蛋在碗裡，加入半匙紅麴、少許鹽。再切蔥成末，與蛋液打在一起。調味過的蛋液滑入油鍋，煎完一面，翻面續煎，即能盛盤，過程最多五分鐘。

微帶焦糖色紋路的鵝黃蛋面，綴上點點紅麴與綠蔥。筷子輕輕截下一角入口，舌頭很快觸到紅麴的甜味，還不到膩的時候，鹹味就出來了，微鹹又帶點脆口的蔥蛋與紅麴的甜味融得恰到好處，毫無違和。

我一邊吃，一邊翻改學生作業。

Y學校規定每學期學生必須完成一篇作文。我捨棄了傳統的命題式作文、閱讀心得，改請他們介紹並點評一本文學類的書。評論一本書其實沒有想像中簡單，首先得面臨選書，怎麼選到一本好看、有深廣度的文學書，反映出介紹者的審美品味；再來，能評出個中好壞，那是真正功力，考驗著平時的閱讀積累及反思能力。

每週同學輪流上臺，向大家評述自己的選書。臺下同學們聽完後自行投票，選出最好的那篇刊登報紙副刊。我自己也從剩下的書評挑出一篇漏網佳作，打算下堂課誇讚一番。

然而，預計要被我讚美的學生這週課堂沒有出現，明明是平常都會出席的學生，怎麼了？副班代撥了通電話給他，那頭說完，這頭向我轉述男孩正在騎機車。騎車來上課？睡過頭？不，他今天要幫爸爸送貨，無法到校。

這個理由，我沒有生氣。記得來Y學校之前，已有前輩為我打預防針，都說技職體系的學生大半出身藍領階級，很多學生揹負學貸，因此他們花許多時間在工作賺錢上，課業反而次之。生存這件事，我懂。我請副班代轉述那些褒揚的話，只見副班代笑出聲來，我著急著問他到底那男孩說了什麼。他說啊，男孩在電話那頭得意洋洋，揚著清脆音量答：「我就知道我不是蓋的。」我也噗哧笑出來。

後來，我反覆想，對於他們，對於非中文系的人，國文也許不是最重要的，可是能有這麼一刻覺得自己不是蓋的，好像也就夠了。

小聲說，我煎的紅麴蔥花蛋也不是蓋的。

薑燒豬肉

朋友知道我在煮飯，推薦了一個熱門 youtube 頻道「MASA の料理ABC」。影片中 Masa 老師帶著特有的日文腔中文解說日本料理薑燒豬肉：蒜、薑磨成泥後，入一匙酒、醬油和兩小匙味噌，攪拌完醬汁。將梅花肉切成能入口的大小，放入醬汁醃十分鐘。這段時間處理拌炒材料，洋蔥、高麗菜切片，紅蘿蔔切絲，蔥切段。先炒菜，再炒肉。演示烹煮步驟清楚易瞭，讓原本複雜的過程變得簡單。

我向朋友稱讚：「Masa 老師在教學上真的很有一套。」朋友也附和：「溫和、說解清楚，你能感受到他的熱情，會信賴他。」她說這是心目中好老師的樣子。話語聽在我耳裡，同樣作為老師，特別感觸。

真正踏進教育現場是剛入博士班的時候，我來到暖暖一間中學代課。那段代課日子真像一場跋涉。為了趕赴第一節八點十分的國文課，每天都得醒在清晨五點，以最快速度整裝，從C大山腰狂奔至山下公車站，再轉搭一班客運、一班公車到暖暖，下車，還得自山腳攀爬至山巔，抵達那間中學。

最累人的不是舟車勞頓，也不是教書，而是帶人。我的班是準備赴考場的三年級生，臨時換老師對考生而言難免慌張，要怎麼在短時間內取得學生信任，並且穩住他們的情緒，不受影響。我花了近一個月，高壓懷柔並施，想盡辦法讓考生們繼續在常軌上讀書、衝刺。同時，還要承接其他老一輩老師的質疑眼光：你那麼年輕，可以嗎？幾次，壓力大得受不了，打電話給同在中學教書的朋友，商討教學方針，以及怎麼攻守老師們的懷疑。

某回下課晚了，錯過客運，學生竟擔憂起我的安危，主動陪我走路下山，搭公車到基隆火車站。抵達火車站，學生們又擔心我找不到南下列車的入口，一群人繼續送我進月臺。他們好像忘記我是個大人。我一直催他們快回家，老師可以的。他們始終在月臺，一直目送我上車、離開。坐進慢車裡，我鬆一口氣，他們終於接納、習慣新老師了。

自此，上課變得順暢，學生們陸續在下課時來到辦公室圍著說話。最累的爬坡終於過去了。

代課結束那天，學生們約我到基隆港邊一間餐廳吃飯。他們說我完全不像老師，除了上課方式之外，沒有老師會把生活上發生的任何一件事都分享給他們，且每次總如朋友說話般興奮開場：「我跟你們說喔……」我愣了一下，有嗎？若不是他們說，我永遠不會曉得自己作為老師的樣子。

餐敘尾聲，他們把卡片塞到我手裡，說：「老師，你要加油唷。」他們知道那時候我剛入C大，對新環境極度不適應，想過無數次休學，去做點別的事。

卻是他們，讓我穩下來，撐完博士班生涯。

那次代課結束，我轉至大學教書。每次都期待期末教學評鑑，看學生們告訴我身為老師的樣子。變得更沉穩了嗎？還是一樣青澀？熱情在不在？

老師到底是什麼樣子？

我重看 Masa 老師的影片。跟著他的步調做薑燒豬肉。我略略調整菜色，家裡沒有洋蔥，改以番茄取代。第一次做薑燒豬肉就上手，頗有成就感。也許讓學生有成就感亦是老師職責的一部分吧？不過，真正的教學現場比 youtuber 的教學影片難太多了。教學不是單方面授受。

在講臺上一些年了，疲累的時候，總會想起那座山巔上的中學，想起學生們，就多提醒自己一次，老師的樣子。

廚房與薄荷

最初喜歡上這間屋子的理由，是乾淨明亮的廚房。

公寓屋齡近四十，設備雖老舊，但大抵維護得宜，尚可堪用。房東在租屋前曾略為老屋裝潢，只是他寧可不幫房間安冷氣，不換已傾頹的桌椅，反倒花大把金錢在廚房上。請工人敲去舊流理臺、瓦斯爐、抽油煙機，換裝全新系統櫥櫃。但對於下廚的人，能租到全新廚房再滿意不過了，前述問題大可忽略，我與隊友很快決定租屋。

和房東簽約當天，跟著他出出入入點收家具總總，推開廚房紗門，注意到外頭養了一盆薄荷，大概疏於澆水，葉已枯，只剩幾瓣綠葉猶在。我問房東盆栽是否留下，也許能幫忙照料。房東開心讓渡，離開前透露家傳祕訣：「我太太說要常對植物講話，表示關懷，植物也有感受。」於是，薄荷跟著這間房一起被承接下來。

每天早上料理早餐前，我會先到陽臺替薄荷澆水，實在沒有說話習慣，偶爾想起來的時候，才向植物道早安。澆水一週，薄荷沒有起色。卻差不多此刻，我們陸續發現這間房子處處是問題。

最一開始是流理臺的水龍頭鬆脫，水流從縫隙嘩啦漏出。我拍下故障處給房東，許久傳來回響：「我們之前也是這樣用。」沒了。正常來說不是應該即刻處理嗎？眼見水龍頭漏水情況越趨嚴重，我向父親求救，他看了照片說是水龍頭內彈簧片老舊，必須更新。我轉述父親的話給房東，房東才不情願地來家裡修繕。

水龍頭事件還沒落幕，浴室的水龍頭也出現問題。水龍頭一夕之間沒有溫水，只有燙與冰，零分與滿分，中間值全都不見。去了哪裡？我再次傳訊給房東，他與水電工一起來家裡，不知道是水電工道行不夠，還是水龍頭魔高一丈，總之，水電工查不出原因。房東說：「你們再洗看看吧。」只有檢查，沒有任何處理，自然還是問題。

翌日，房東再來，換裝新的蓮蓬頭後，告訴我們：「再洗洗看吧。」但冷熱水問題明顯與蓮蓬頭無關。當晚，我們依然水深火熱。

隔天，房東又來。這次他要我們洗澡時試著慢慢調動水龍頭，彷彿是要我們別驚動那隻大妖怪，躡手躡腳乘其不備，就會流出溫水。但妖怪畢竟是妖怪，不殺就永遠驚恐受怕。洗澡水依舊滾燙。我傳訊找前房東問水電師傅的電話，換個水電工總行了吧。殊料房東毫不領情，說：「我們要相信專業。有些水電工是騙人的。」霎時，白眼翻上天。

之後整整一個月，房東天天來我們家開水龍頭試水溫，用盡各種在網路上看到的修水龍頭方式，千叮嚀萬交代使用水龍頭時絕對只能微調，「一次零點一公分就好。」他情願相信網路才是專業。

到底怎麼辦？我無助地問薄荷。冬日薄荷沒有因為澆水而茂盛，也沒有因為我說了什麼，而特別感受、回應，還是那麼瑟瑟縮縮，悶在自己的世界裡。薄荷也許是慢熟的植物吧，或者連它都跟我一樣無助？

某個低溫的日子，我們再也無法忍耐，發狠限房東一週內解決。他終於撥電話請另外一位師傅檢查。這回師傅查出其中問題，原來是熱水器下方的管線太過老舊，水壓不夠，還須加裝馬達。房東頻頻問師傅：「如果只是微調水龍頭會好嗎？」「為什麼別人家不用換管、裝馬達，我們卻要？」我不知道在房東心中什麼才算專業？只覺得他對陌生的一切充滿不信任，不信任我介紹的水電工，不信任眼前的師傅，好像我們所有人都在合力演一齣戲，準備誆騙他。

房東沒有立刻答應換裝，而是隔了幾天，從網路上找到另一位評價較高的水電人員，重新來家裡處理。這時，我們已經洗超過一個月的燙水澡，每次洗澡都是一種折騰，每次折騰都把房東的形象往暗影裡推進一格，推到再也明亮不起來。即使最後熱水問題終於解決，終究也拉不回我們對房東的信任，或者，一種人格理解。

熱水事件邁入尾聲，這回再換房間的抽屜崩壞。圍起的一面木板坍塌，只好再傳訊房東。房東累，租客也好疲憊。

澆水時，我再度彎身蹲在盆栽前，低聲抱怨：「薄荷，你看你主人啦……」啊，房東太太說要和植物講話是有原因的呀。暫且不管植物的感受，起碼是聽眾，安安靜靜地分擔我漫溢的情緒。薄荷聽我碎念好多天，在春日開始冒出綠芽，似是憋悶許久，終於回話。

春日過去，房東來家裡處理冷氣問題，突然告知不租了，說是兒子要返臺。不曉得為什麼我始終感覺唐突得像藉口，恐怕是租屋期間我們做了什麼觸到他的底線。修東西嗎？還是與薄荷咬耳朵被發現了？

室友們一陣錯愕，然後開始生起氣來。一片怒火裡，我只應聲好，就搬吧。語氣出奇冷淡。搬遷多次，都知道緣盡不過如此，何況屋子終究是人家的家，住久了，感情再深，都不是自己的。

最近一陣子夏日過早應門，明明是春天，氣溫高得嚇人，陽光烈焰，薄荷長得更加旺盛。想起剛入住盆栽瀕死的模樣，不到半年，救回的薄荷綠成一片。在搬家前夕，想吃吃看親手栽種的薄荷。

第一次料理自己種植的食材，特別呵護。我摘下薄荷，輕柔洗淨，準備入菜。想起很久以前看的日本節目，那間國小每個班級都會分配到一塊小菜圃植蔬果，這些蔬果便成為學生們營養午餐的來源。一天，老師對學生宣布：「明天的營養午餐要吃我們種的馬鈴薯喔。」全班興奮嚷叫，有人還忍不住哭了。很久以前的我不明白，現在才知道那種雀躍與激動，好像為別人、為自己做了點什麼，感覺像個有用的大人了。

翻了冰箱，決定做薄荷雞丁。雞丁帶皮那面壓在底下，煸出油來。油鍋爆香薑片，再放薄荷，炒至薄荷葉轉脆，雞丁微酥，這時薄荷的清香與淡薄的涼味已附著雞丁上，最後淋點醬油便可起鍋。

聞著淡淡的植物香，都忘記喜歡上這間屋子是因為廚房，還是因為薄荷了。

番茄排骨

五月下旬，唐突接獲房東來訊，說是屋子不租了，迫使我整個六月汲汲找房。要看的雅房不到兩坪，窗戶正對後陽臺。午後看房時，恰恰從外邊迎來一陣風，吹動窗簾，拂過頭髮，我想像書桌安在窗前，有光有風又安靜無虞，房間小歸小，應該別有滋味。

搬進那間雅房的第一天，我很快感覺到一切與看房那天有著幾許差異。人剛踏進房門，濃郁刺鼻的臭味倏忽圍上，巴住鼻腔，彷彿池塘魚群，見了飼料全湧上。初始，我用力憋氣，勉強將幾袋衣物逐一摺好、收進衣櫥，豈料氣味越加跋扈，如若雙手強掐喉頭，越掐越緊，竟有股反撲的能量自身體底端衝破。

我想吐。

快步離開房間，坐到餐廳喘氣。忍不住納悶：這味道到底從何而來？當初看房根本沒有呀。

我趁著身體稍稍寬舒，掉頭回房，把裡頭家具通通聞過一遍，衣櫥、窗簾、床。抓到了！是那張發黃的床墊！我傳訊給二房東告知情況，問她能否將床墊先行拖到客廳。許久，她回訊應允。

獨自將又大又笨重的床墊拖離床板，滑移入客廳。跨進客廳一半，我已沒力，徹徹底底癱軟一旁，床墊倒，人也倒。

我臥在床墊旁，嗅著它，發現竟沒有味道。怎麼會，不是異味來源嗎？再進房門，刺鼻的氣味依舊。不是床墊，是別的。重新再把房內家具聞過一遍，氣味來源到底在哪？每樣東西每個角落都顯得可疑。

環顧周圍，赫然想起二房東曾聯繫房東處理壁癌，應該是壁癌消毒劑的氣味才對。只是近一週了，味道猶在。我再度連繫二房東。二房東回：「那個房間久沒人住，加上剛油漆完，難免有氣味。可以試看看擴香。」

好吧。勉強拖出來的床墊被重新推進房間，安回床上。這段短短的路程，伴隨夏日炎炎，即便一旁有轉到最強的電風扇，也無法抑制狂噴的汗水。現下，我沒有餘力擴香，更無力拆卸滿地紙箱。坐在床緣看著紙箱與書櫃，猛然一驚，我似乎錯估情勢，好幾大落的書可能擺不進過小的房間。或許把三層櫃向上延伸，疊滿整面牆，有機會解除危機？想歸想，身體已疲累不堪，這大概是截至目前為止，第一次搬家如此勞累又不順遂，感覺新房間不歡迎我，一直將陌生人往外推。

洗完澡，已過晚上十點半，忽聞開門響。探出頭，原要與初次見面的新室友打招呼，第一眼看見的卻是個男人，我愣了半晌，才終於在男人後方看見那位新室友。雖然新室友已在前一日預告會帶男友回來，原想來家裡坐坐沒什麼，殊料她的意思是：要帶男友回來小住。

關於這個，二房東並沒有事前告訴我。我三度傳訊，二房東答：「他們只待一兩天就走了。」可是，家裡無端冒出一個不屬於這間屋子的異性，不會有點……怪嗎？大概她們都習慣了吧，只有我感到彆扭，想窩回房間，偏偏那股氣味又強逼我離開。

我趕緊從包包翻出口罩戴上，縱然氣味沒有完全削減，身體與意識早成耗罄的電池，臭不臭都無所謂了。我從皮箱摸出棉被，盯著那張泛黃床墊，睡上去嗎？不睡上去嗎？考量半晌，決定將床墊立起，推至牆面，單人床木板只餘半邊給自己，將就著，倒也很快睡去。

夢間，被一陣撞擊聲驚醒，那聲音漸漸變為低沉持穩，且續連不斷。新室友竟然在使用洗衣機。我看眼時鐘，十一點半。這岸洗衣機運轉不久，換鄰居家洗衣機轉動，聲音連綿、相疊，震盪睡意。為什麼不能明天早上洗呢？都那麼晚了。

好不容易洗衣機停止，睡意回歸。突然「唰——」一聲徹底撕破睡眠，不看也曉得，室友正抖開皺黏一塊的衣物，掛上衣架，準備鉤上晒衣桿。她衣服晾妥，我再也睡不回去。

其實，整理衣物時，我在房內已經聽到其他戶人家煮飯、吃飯碰觸碗筷的聲響，甚至毫無遮蔽地聽清別人聊天內容，才發現這間鄰靠後陽臺的房間，也正好對向其他公寓的後陽臺。午後安靜，但是晚上就現出原形。

我以為自己的房間、自己的桌應該與世界隔點距離，那是塵世喧囂裡唯一的僻靜所，專屬個人，必須隱私，就算無法徹底區隔世界，好歹不該透明至此。

我起身，重新收拾行李，決定離開。

好險當初提早搬遷，以致還能暫時窩回舊處暫待。

然而，只能待一兩天，就要交屋還房東了。我在離開舊處前，把冰箱內的食材通通煮光，燙點青菜，剩下番茄與排骨，不然，做個番茄醬燒排骨吧。

排骨川燙撈起，放進油鍋微煎。一旁將蒜、薑切成末，番茄切小塊。聞到排骨散出焦香味後，逐一放進蒜末、薑末與番茄，拌炒幾下，徐徐倒入開水淹蓋食材，擱點鹽、糖和醋，燒至排骨軟熟，即可盛盤。

有一搭沒一搭吃著晚餐，心思掛在租屋網上，焦急抄寫下房東電話與租屋資訊，同時擔心著接下來無房可住的幾天該怎麼辦。那大概是最無味的一頓，儘管知道初次燒的番茄排骨因為醋不小心倒太多，而導致味道偏酸。但那些都不重要了。

在租屋處的最後一餐，心情比醋還酸。

蒜味水餃

我家有個習慣，冰箱一定存有一兩樣常備料理，以因應突發的餐宴、肚子餓或更多難料的情況。易煮、不費時又相對泡麵健康的水餃自然列為首選。

吃水餃多半是加班、沒有買菜、有點懶惰的時候，水餃餡有肉有菜，能順理成章地覺得這應該有達到均衡飲食。我捏著水餃一顆一顆放入滾燙的水波裡，取下架上篩子，輕輕翻動鍋中水餃，避免冰冷的麵皮巴黏鍋底。然後趁著水餃還像石頭般沉在水底時，那點空閒我通常不太悉心看顧鍋中什物，反倒自在做自己的事情。若是加班返家，則先離開廚房，到浴室卸妝洗臉，換好家居服出來，水餃剛好浮出頭。若是貪懶的時候，就找本輕鬆的書在旁邊讀，聽鍋中動靜，來決定要讀到哪個段落再罷手。煮水餃最優雅了。

等到水聲急促，水餃已經四顆五顆全浮出水面，這時添點開水，緩解躁動的熱水。靜候一段時間，熱水再度發出聲音，鍋裡的水餃像公園裡貪吃飼料的魚群，啵啵啵地湧上來，此時再添第二次水，不急，讓餡料煮透些。趁著第三次水滾，我開始處理醬料，水餃醬以醬油打底，添入香油、醋，最後切一小瓣蒜頭就完成了。

加蒜頭的吃法並非我家習慣，是很後來才養出來的。

幾年前，戀人帶我去宜蘭玩，我們從早上一路吃吃喝喝，不到中午我已吃飽，他堅持一定要去某間水餃店才肯罷休。那間水餃店是戀人退伍後，軍中朋友領他去的，第一次吃驚豔不已，他想回味，也想分享美食記憶。於是日頭炎炎，我撐著鼓脹的胃坐上機車後座，來到那間店。水餃店已坐滿客人，我們勉強擠進，與阿姨叔叔們共桌。不待我看完周遭的人們點了什麼、牆上的價目表寫了什麼，亦不聽我極力勸阻少點一些，戀人已經叫好兩大盤水餃。

他幫我在湯匙裡鋪上蒜末，笑著說：「水餃最棒的吃法是加蒜頭。」記憶裡，吃過的水餃醬頂多擱辣椒末，加蒜頭還是第一次聽到。他把蘸著醬油的餃子放到湯匙上，叮囑我連蒜一口吃。我看著湯匙，然後狐疑地望著他。

咬了一小口，那味道的確好，原本的醬味因蒜的嗆辣反而提味，水餃本身的高麗菜餡也爽脆清甜，難怪戀人一臉自信。只是我實在太飽，那盤水餃只吃了三四顆，剩下的是不是全掃進戀人的胃？我已經忘了，也忘了有沒有追問戀人會因為不那麼捧場而落寞嗎？那些細節，譬如表情、吃飯時聊了什麼，我都忘了，只記得天氣熱、陽光強，一切都被曝晒得模糊。

很後來，戀人離開。現在只剩我在廚房，等第三次水滾。

熄火，用篩子迅速撈起水餃們。獨坐餐桌前，雖吃著不是宜蘭的手工水餃，卻是類同的搭配，嗆口的蒜與清甜高麗菜，自己煮的也絲毫不亞於那間店。

邊吃邊努力在腦海中追溯戀人的模樣，還真的想不起來。戀人來來去去，

總以為記憶還諸大荒，卻發現還有什麼留下來，變成了習慣。

香菇雞湯

嚴格說起來，香菇雞湯是我學會的第一道菜。

教我的是宿舍鄰居ㄆ。

念研究所的時候，有一年暑假宿舍整修，住宿生被迫返家或暫賃別處。宿舍鄰居ㄆ是某高職老師，剛巧存了一筆錢，買下人生第一間房子。她很好心地邀我住她家。

於是，六月尾巴，我帶著簡單行李遷進鄰居ㄆ的新家。

鄰居ㄆ的新家大概是單身貴族期待的居家範本，電梯大樓，兩廳一房一陽臺，陽臺種花，通風好採光佳。她說屋齡雖高，但前屋主照顧得好，很多家具還堪用，省下一筆家具費。省錢是賺到，更賺的是這間房真的很不錯，我也好喜歡。

原本房子預設一個人住，所以房間只有一張雙人大床。初始我們非常彆扭，一人一側各自窩著，連翻身都翻得小心翼翼，擔心干擾對方睡眠。我極度會認床，只要換一張床，凹凸軟硬不同，身體馬上能察覺，它就像敏感害羞的小孩無比不安，因此，無論再怎麼累怎麼想睡，一小時左右吧，人就再也睡不下。躺在床上，數羊，只會越來越清醒；催眠自己快睡覺，但意識就如浮在水面的乒乓球，手指使勁往水底壓，只稍一鬆手，球迅速彈回水面。

那次認床情況是截至目前為止最嚴重的，整整一個半月都困在失眠裡，白天精神不濟。鄰居ㄆ貼心地要幫我補身體，其實她也是不精廚藝的女生，但她唯一會的一道料理，就是香菇雞湯。

「香菇雞湯最簡單了。我煮得很好喝。」鄰居ㄆ信誓旦旦。跑到廚房備料，我跟在旁邊看。

先把香菇泡水、去蒂頭，青蔥切段，川燙雞腿，再把這些通通放進鍋子裡，倒水至蓋過食材，斟滿一量杯的水到電鍋外鍋，把鍋蓋蓋上，等開關跳起，靜候十五分鐘左右，就可以享用了。

鄰居ㄆ說這道料理是父親教她的。身為家中么女，父親特別疼愛她。那時鄰居ㄆ考上D大學研究所，這是她第一次離鄉背井求學。開學前，父親親自開車幫忙她搬家到花蓮，車上就放著那口三人份的小型大同電鍋。那趟漫漫長路，父親教會她香菇雞湯。那道料理、那口電鍋就跟著她一路到現在。

某日，鄰居ㄆ沮喪地回家，她說父親被檢查出來罹患阿茲海默症，全家陷入低迷。從那天起，我每天聽她打電話回家，開頭一句總是「爸，你今天有比較好嗎？」掛電話前，必定反覆提醒父親記得吃藥。

兩個月後，我搬離鄰居ㄆ的家。回到宿舍，動筆畢業論文，中間斷斷續續聽鄰居ㄆ談及父親、工作和課業，我知道這樣的日子很累很累，特別當你覺得重要的東西都想要抓住的時候。

半年多後，我終於把論文完成，提交出去。想到好久沒聯絡的鄰居ㄆ，傳了訊息給她，不久她也傳訊回來，道恭喜之際，她淡淡地說：「父親走了，這樣也好，拖著病也很辛苦。」我的心揪了一下，忽然不知道怎麼安慰她。她就是那種可以把所有事情都扛上肩膀，又能很努力打點好的人，她的脆弱不會讓你知道，就算你知道，她也不會讓你靠近，只在暗處等到情緒能自持了，再出來。

每次做香菇雞湯的時候，總會想起鄰居ㄆ。我把湯煮好，拍給母親看，母親說：「哪有人香菇雞湯加蔥啦，要加薑。」可是真的有！而且非常好喝！

紅燒獅子頭

在IG上滑到一張素樸的美食照，新婚的朋友為先生洗手做便當，一顆一顆渾圓的紅燒獅子頭整齊擺進玻璃樂扣盒，沒什麼裝飾，但是從畫面感覺得出來，一個人為另一個人做便當是很幸福的事。

那張照片太誘人胃口了，想吃，可惜母親不會做這道菜。我私訊那位朋友，她說獅子頭不難，大方分享食譜。

將薑和洋蔥去皮，和豆腐一樣剁碎，依序放進絞肉，捏到食材相融，再加胡椒、鹽巴和蛋液，繼續捏，覺得調味料差不多均勻散在絞肉裡，一旁加熱油鍋。等油出現小顆泡泡，就把絞肉捏成圓球，放進熱好的油鍋中。油炸只是定型，無須炸得過熟。肉球取出後放進另一口鍋，那鍋備有大白菜、香菇、紅蘿蔔，添醬油，加水至淹過食材，大火煮滾後，轉以文火燜煮，約四十分鐘到一個鐘頭。

這道獅子頭，因應冰箱食材，我做了些許微調。家裡沒有洋蔥，改以紅蘿蔔取代；蛋也缺貨，遂酌量增加豆腐，提升黏度。然而，沒有蛋液，捏出來的肉丸不那麼圓，每顆肉丸都軟趴趴地落進油鍋，取出，反倒像飛碟。我沒有買到大白菜，臨時更換為高麗菜。將高麗菜撕成巴掌大，包覆獅子頭，菜葉空隙塞進香菇，以水和醬油煨著。

父親正好打電話來，僅聽我喂了一聲，逕自劈里啪啦說起近日看顧之事。這一兩個月，父親下班後都至醫院報到，照顧中風臥床的三叔。父親也是會認床的人，漫漫長日，每天夜不成眠。偏偏三叔極度任性，晨昏顛倒，醒來吵著要喝飲料、要回家、要很多很多以前能做但現在不能做的事，怎麼勸都無效。

後來三叔開始有力氣，吵鬧不成，自己拔點滴，準備跳床落跑。父親鎮日為這些瑣事弄得疲憊不堪，耐性終於磨得一滴不剩，「都大人了，還那麼小孩子性！」他當著醫生面前痛斥三叔。據他說，整個病房的人都瞬間安靜，氣氛凍得像北極。我才意識到父親打電話來不是為了抱怨，是歉疚，他需要有人聽他告解，安慰他那場失控是無心的、不小心的，身為病患、家屬和醫生皆能理解，會體諒，別擔心。

我歪著脖子夾住手機，一邊安撫，一邊調整爐火，準備盛盤上桌。父親在那頭繼續說，我在這頭偷吃了一口獅子頭。高麗菜耐煮，甜味滲進湯汁，肉球蘸著湯汁，又摻紅蘿蔔和薑，鹹甜軟嫩間挾著脆感，咬起來並不乏味。

我請父親打開 line，讓他看我剛做好的獅子頭，趁勢移轉他的注意力。只見小窗框擠著家人的臉，母親也在，他們彷彿加入晚餐，坐在對面，同我享用做給自己的便當。

看到圓扁的獅子頭，母親忍不住哈哈大笑，這一笑疏寬父親的聲音與臉部表情，感覺已不似剛剛激動。父親大概沒料到以往遠庖廚的女兒被雷擊到，竟然開始做飯了，還挑上費工的獅子頭。他沒有吐槽，只說了一句很好。約莫他感覺到什麼，或是悟得了什麼，把窗框留給母親，自己回到看顧的崗位上，繼續面對執拗的三叔。

三叔中風後，全家作息全亂了。我們才深刻感覺到，當我們說成熟啦、長大啦，是一個人希望另一個人能照顧好自己。如此而已。

那麼，紅燒獅子頭是圓是扁都沒關係了。

九層塔炒蛤蠣

每回上市場，食材買來買去差不多那幾樣，蛤蠣是其一。蛤蠣料理能湯能炒，但功夫歸功夫，好吃的關鍵在於新鮮，只要新鮮，料理失敗的機率偏低，這不同於獅子頭、煎魚、爆雞丁，食材之外還要求廚藝。新鮮的蛤蠣咬起來有海的味道，淡淡的鹹，汁液流動著鮮甜。我嗜吃蛤蠣，一餐二十餘顆大蛤蠣不成問題。

相較於其他肉類煎炒時得時時看顧，以免燒焦，大概就屬炒蛤蠣最能不疾不徐。熱油鍋，爆香蒜頭、薑絲，再放進洗淨、吐沙過的蛤蠣，添米酒與醬油，人可暫時退居一旁，等蚌殼張開，放九層塔、辣椒便大功告成。

等待蛤蠣熟成時，我會抓緊時間備妥下一道料理，洗菜、切食、調醬料；若沒有下一道料理的壓力，通常會繼續方才讀一半的書。

前陣子很想學紫微斗數，以前不感興趣的，在某個年紀轉性一樣，莫名想知道。我從父親的衣櫃裡翻出一只信封袋，裡頭有我的命盤。父親從高中開始研究紫微斗數，我們幾個小孩出生，都由他看命盤取名字、算命。父親雖通，卻幾乎不會主動幫我們算命，唯一一次破例是我考大學的時候。他比誰都更在乎考大學，因為他的成長年代裡，這是件大事。

高中開始，我的數學每況愈下，後來舉凡考試題目碰上算術者，我都腦筋空白。當年不少中文系仍要看數學成績，這樣還考得上嗎？我擔心，父親更擔心。他拿著命盤到我房間，坐在床沿，指著那一格一格的宮位，按年分，手在幾個宮位上滑移，最後落定，父親說：「你沒問題。」最後我確實如願考上理想的校系。

小時候算命是強烈想知道未來的事。現在看命盤，則純粹想了解自己，是環境，還是命，讓我長成現在這副樣子。

命盤上每個星都有其意義解釋，比如命帶天府，性格上會呈現什麼樣的優缺；天馬與陀螺同宮，又會造成什麼樣的困局。我逐一查詢，可是看命盤最難的不是知道意義，星的意涵有時會與同宮位的其他星相互消長，或者遇上其他宮位的星因會照而讓原本的意義變調，好的可能被抵銷，壞的卻沒那麼糟。

命盤分析真複雜。父親說這需要經驗累積，所謂經驗不是看盤次數那麼簡單，還有對生命的體悟，年紀越大看得越透越準。我看著命盤裡的組合，好好壞壞，像考試對答案那樣，對照過去的經驗，竟然還滿吻合的。有些時候不得不承認自己的性格、發生的事其實是命中註定，曉得了，會對某些遭遇釋懷。但無論命中率多高，父親總反覆提醒：「命盤只是參考，知道之後，要學會超脫。」

反正很多事情都像蛤蠣那樣，某個時間點，殼就自己開了。

乾炒四季豆

三月的市場，小農已開始擺賣各種豆類，豌豆、四季豆，還有一些我記不得也叫不出的豆子。小農告訴我：春天就是要吃豆子啊。

春天吃肉不如吃豆。幾年前在上海的時候，也曾聽同學這麼說過。好像豆子穿過靜寂寒冬，飽蓄整個冬季的養分來到春天，肚腹裡的小豆子們被養得特別甜也特別肥。

春日正午，陽光從窗戶落進來，照得廚房通亮。我把買回來的四季豆放在竹篩上慢慢淘洗，聽著嘩啦水流，那種氛圍像極了《小森食光》，那麼恬靜，莫名療癒。

從竹篩抽拿四季豆，剝下蒂頭往另一端拉，粗粗的纖維一逕滑到彼端，再換另一側剝拉。但不是每次剝豆子都那麼幸運，很多時候纖維拉到一半開始變細變細，在某處應聲斷裂。我試著用指尖從斷口用力摳纖維，纖維沒有剝起來，豆子卻攔腰破了一個洞，變得醜醜的。我沒什麼耐性，幾次下來覺得厭煩：早知道就不要買豆子了。可是幾次下來，還是得努力剋扣不耐的感覺。於是我發明起無聊的遊戲，先在心底問個問題：工作順利嗎？然後開始剝豆子，這時手勢會特別小心，如果順利剝完，心情會變得很好。像幼童玩拔花瓣那樣，他喜歡我、他不喜歡我，突然很有興致地一直剝豆子下去。

小時候，阿鳳掌廚，都是她一個人在廚房安靜剝豆子。她會用刀子切下蒂頭，然後順著豆身往下滑，咻一下就剝好了。那功夫我還學不來，卻依然記得她在廚房拿刀的樣子，她會專注盯緊手上的菜，慢雕卻俐落。

春假時，我回新竹採訪表伯，問及阿鳳在尖峰巷結婚的事。年事久遠，表伯不太記得了，他只記得阿鳳的生父是大園的大地主，生母過世不久，把阿鳳送給朋友當童養媳。童養媳媒合失敗，她兜兜轉轉嫁到新竹來，成為水泥匠的妻子。大小姐不做，過起辛勤的生活。

「人生是什麼？」表伯啜了一口咖啡，拋出我這個年齡還無法參透的大哉問。

每個人的人生不盡相同，可是感慨卻莫名相近。表伯也是人生起落的人。日治時代，他們家經營糖廠，當年是全新竹市排行前十名的富豪。迨及民國五十二年，臺灣已經沒什麼人種甘蔗，糖廠倒閉。家族事業到他手上像剝豆子那樣纖維慢慢變細，在某個彎口就斷了。

六十歲的表伯不做糖業，轉去戲院工作。早上他開著廣告車穿梭整個新竹縣市，跨境頭份竹南。下午回到新竹，他要跑片，到各個戲院放電影。後來戲院收攤，他再度失業。回到家居，每日與電視為伍。

現在他八十多歲了，牙齒搖落，髮白稀疏，才剛話起小時候的事情，怎麼會這麼快，八十年稀里呼嚕過去了，也沒闖出什麼名堂來。他雙手交疊，問我：「人生是什麼？」這個問題他想著想著都會忍不住掉眼淚。

「人生就是終わり。人生海海啊。」他講這句話的時候，想起了近幾年年節去年少同窗家拜訪，連絡上才知道好多人不在了。他接續道：「現在覺得過日子就好，何時帰る都可以。」人是不是要到某個年紀，什麼都經歷過了，遺憾無憾、生或死也變得無所謂？反正人生就是這樣，也差不多是這樣。

我把剝好的豆子切段，放進油鍋翻炒，等到豆子變得綠油油，加些鹽巴、胡椒，稍微拌勻調味即可。乾炒四季豆最簡單了。

人生也能如此該多好。

可是，人生到底是什麼？

大概撒點鹽巴、胡椒，就很夠味了吧。

打抛豬

冰箱有一小包絞肉，是做獅子頭剩下的，只是存量少，要煮什麼好？想著想著，想到幾日前回到尖峰巷，在附近餐廳吃到打抛豬。吃的時候我特意看了一下材料，只有絞肉、洋蔥和九層塔，感覺不太困難。

我查了一下食譜，確實簡單。把絞肉放進鍋裡，鍋中不必加油，絞肉遇熱會慢慢釋出油來。當鍋中出現一層油珠後，入蒜末與辣椒末，稍微翻炒，再入洋蔥丁，嗆一匙米酒，淋兩匙醬油，繼續翻炒至什物皆均勻沾裹上醬料。摘下九層塔葉子，微切碎，放進鍋裡持續翻炒。起鍋前入番茄丁，略炒三十秒即可關火、盛盤。

熱天最適合吃泰式料理，酸酸辣辣特別好入口。可惜家裡從來不曾出現泰式料理，因為父親整個家族都不敢吃酸。氣溫一高，胃口被熱氣撐得飽脹，什麼都嚥不下時，這群大人們依然能吞得下熱呼呼的瓜仔肉。

對，就是瓜仔肉，我家最常料理絞肉的方式。阿鳳怎麼料理的我從來沒看過，她總是在拉門之後，小小的灶腳，一個人完成整桌菜。煮飯這檔事，阿鳳無師自通，聽姑姑說，舉凡阿鳳吃過、看過，就會做了，更高竿的，她還知道怎麼調整讓菜更香更好吃。所以阿鳳的瓜仔肉絕對不是食譜能等同而語，看起來簡單的料理，都有一套家傳祕方。

只是關於瓜仔肉，我有極度不好的記憶。阿鳳雖然每日做菜，卻有個習慣，東西沒吃完之前會陰魂不散出現在餐桌上，無論這東西已經重複蒸煮許多次，口感變質了。瓜仔肉就是被反覆蒸爛的菜色之一。

被逼到絕境，昆仔終於發脾氣，老夫妻大吵一架。男人吐髒話的速度如機鬭槍，女人也不遑多讓，把過去發生的通通拖拉出來，罪狀一條一條清算。好可怕，我退避牆角，看他們相互咒罵。最後，昆仔扭頭，獨自坐到門口。餐桌上，阿鳳默默把剩餘的菜吞進肚腹裡。

每隔一段時日，這種情況就會發生一次，如反覆蒸爛的瓜仔肉，旁人就算不想碰，終究還是得解決。餐桌上的大人伸出食指壓在唇上，對我們這群看呆的小孩警告：「噓，趕快吃飯。」一旁姑姑父親叔叔幾個人輪流跳出來勸和。小小的我覺得昆仔和阿鳳感情真不好。

後來，昆仔得了肺炎，又有肺積水的病症，據說是工作環境落下的後遺症。醫生叮囑不能吃這個那個，尤其是昆仔最愛的醃製品——有醃瓜的瓜仔肉。可是，阿鳳總是偷偷做，躲開兒孫嚴格的檢查制度，送到昆仔面前。看昆仔吃得津津有味，阿鳳問：「好吃嗎？」那時候昆仔已經羸弱得說不太出來，他豎起大拇指，那表面意思、深層含義，阿鳳都懂了。她靜靜坐在旁邊看昆仔把東西吃光光，扶他躺上床，再踱步回廚房，吃光剩下的菜。

有一種愛，是打打鬧鬧，可是不離不棄。

煮粥

一五年，我在報紙上讀到王定國〈秋夜煮粥〉，文中寫為妻病煮粥，夫妻情深在細節裡溫煦透進讀者心底。那敘述實在迷人，文火煲湯般燉著燉著香味就出來了。

我分享給那時候的戀人。順道為他煮粥。

那時候的我明明不會做飯，卻想要做飯。打開食物櫃，裡面還有半包小米。量好一杯，洗淨，加點魩仔魚，切點紅蘿蔔，削半塊雞湯塊，一併放入電鍋。等開關跳起，粥完成。我端給戀人，看他吞下後，忙不迭詢問味道。他說：「沒煮飯的人能煮成這樣已經很不錯了。」我大概懂這句話的意思。自己吃一口，米心微硬，若不是湯裡有雞湯塊香醇的味道撐起，這碗粥恐怕連差強人意都搆不上。事後問了室友才曉得小米需要浸泡一段時間，待米軟化，煮起來米心才易熟；況且沒有人的粥只有小米，得混點白米煮才好入口。我把戀人的胃整慘了。

後來我又聽一位熟諳烹煮的朋友說，粥要好吃不能靠電鍋，要用砂鍋或陶鍋，米煮得更透更細綿。但相形之下無法如電鍋那麼簡易，開關按下，人就能離開，開關跳起，再優閒踱步回來。砂鍋煮粥沒有提醒，必須時時看顧，否則過頭就焦了。朋友說：「東西要好很難速成，必須拿時間來熬。」那種熬無法丟著時間不管，必須小心呵護，不時照看鍋內動靜，湯匙攪拌。煮粥沒那麼難，倒也沒那麼簡單。

人事流轉，幾番遷徙，新搬入的家有房東留下的砂鍋。就拿來煮粥吧。將洗淨的米、薑片與川燙過的排骨入砂鍋，添水，大火煮滾。一旁切番茄與洋蔥，入油鍋拌炒，再放進粥裡，調成文火慢燉。

想起張作驥《爸，你好嗎?》裡的一段早餐時光。兒子攜孫子返家探望獨居的老父親，他們為父親買了一套燒餅油條。兒子對父親說找不到賣白粥的店，只好改買燒餅油條。父親低頭咬著燒餅，豈知他牙口已差，假牙根本咬不太動，吃得辛苦。父親微帶抱怨：「粥哪是用買的，要自己熬。」誰都聽得出來父親暗叱著兒子無心，煮粥的時間也不願意花。這聲抱怨，我赫然悟出〈秋夜煮粥〉的深層意蘊，一個人為另一個人煮粥。

上次失敗的煮粥經驗之後，我與戀人開始莫名被龐大工作量追壓得喘不過氣，兩人各自忙碌，吃飯時間、說話時間漸少，像無人看顧的爐火，煮著煮著，不知不覺水乾涸，東西也燒焦。都要等到這時候，總算知道不是所有東西都耐煮，耐煮的東西也未必能無底洞式地滾燒。在無人知曉的某個時刻，什麼都變質了。

廚房裡安靜得只剩白粥吐泡的悶響。我用湯匙緩慢畫圈攪拌，時間還不夠，得等。等，不是空等，在熟成前仍得做些什麼，讓等變成有意義的事情。那樣悉心地候著，是跌撞以後才學會的。

我聽著悶響，王定國形容像一群雛雀發出嗷嗷待哺的聲音。而聲音裡，一個人正為另一個人煮粥。那麼溫柔。

自己為自己，也是。

何首烏豬尾湯

醫生正坐在旁邊，低頭診著我左右手脈搏。

他偶爾蹙眉，偶爾努嘴，忽然頭抬了起來，問：「你最近去哪裡？」醫生銳利眼神配上這麼敏感的問題，我一陣涼，難道、難道是遇見阿飄了？可是最近好像沒去哪裡，每週都是教室、圖書館、市場與家裡來回移動。

醫生緊縮眉心，又問：「最近有發生什麼事嗎？」唔，最近事情還滿多的，要開始找房子、尋新室友，稿子進度有些拖沓，學生期末作業有難以完成的危機……。「還有嗎？脈搏感覺有點緊，好像有什麼事情很著急。」啊，還有同志的婚姻法案到底過了沒？朋友A與他的戀人B一早就跑去青島東路了，怎麼一直沒有消息。

記得出門前，我還看見朋友A在臉書祈禱：希望有一天能在自己的國家結婚。

好像是三四年前吧，朋友A與他的戀人B愛情長跑五年，想結婚了。當B向家人坦承性向後，他的父親崩潰，冷戰數月。年底，B又遇上解聘潮，被公司資遣。他的父親二次情緒潰堤，兩人起了爭執，父親手一甩，B重心不穩跌墜在地，右腳骨折了。

後來是朋友A送B去醫院的。自此B成了遭棄的孤兒，偌大家族竟無一人聞問。身邊只剩下A了。可是唯一的A只能在旁邊，無法像真正的伴侶那樣幫B處理重大事情。

他只能做很微小的事。

A傳訊來：「聽說骨折的腳需要膠原蛋白。吃什麼好呢？」我記得祖母之前也不慎跌倒，弄斷左腳，家人天天煮雞爪湯送去醫院。於是那段時間，我經常陪A上市場，兩人合力提一大包雞爪回來，煮湯。我們在廚房，朋友A一邊剁雞爪，一邊吐苦水，說到怨處，可以明顯感受到剁刀的力道，幾乎要震碎雞爪下的玻璃砧板。我們都不太懂B的父親、B的整個家族到底在想什麼，為什麼寡情至此。

剁好的雞爪入滾水川燙，我們都不太會料理，把燙好的爪骨丟進電鍋，倒水，再切一堆薑片去腥。等電鍋跳起，湯鍋一層油亮亮的，我們加了點鹽巴，就讓B喝。B連續喝一星期左右，忍不住問我們能不能加點什麼有味道的東西，他喝得好膩。沒味道嗎？我們試喝半碗，有味道啊，鹽巴啊。我們沒有搭理B，倒是注意滿滿的膠原蛋白讓湯變得黏呼呼的，抿一口，沾著湯汁的兩片嘴唇就黏在一起，兩個人對於需要吃力張嘴唇感到新奇，在旁邊玩開來。

陪B喝湯的第二天，我們終於發現湯不是沒味道，而是難以遮掩的雞腥味太搶戲。A試著在湯裡加入紅棗、枸杞，但B依然繼續討索所謂「有味道的食物」，好像怎麼樣都解決不了味道這件事。

B倒也乖乖喝了幾個月，直到腳上的石膏拆卸。只是患乳糖不耐症的B無法喝牛奶，又斷斷續續喝了幾回雞爪湯。喝到再也不想看見雞爪湯，那實在是、實在是太可怕了。

三四年前的事，現在B已能生龍活虎跟著A，在大雨滂沱的青島東路上等候立法院消息。

消息還沒來，我離開診間，聽從醫生建議到藥房買了何首烏和枸杞，都是補血養肝的藥材，準備回家燉湯。

冰箱沒有雞爪與排骨，只好臨時換成豬尾巴。豬尾巴川燙，放進砂鍋，切入薑片，丟進洗好的枸杞與何首烏，加冷水，中火煮滾後，轉至小火燉一小時。開鍋後加入適量鹽巴。

豬尾巴耐煮，不像雞爪煮久皮會碎，湯也沒有雞爪湯黏稠，加上是瓦斯爐燉湯，比電鍋煮更入味。

A傳訊來：「我們終於可以結婚了。」一陣狂喜後，隨口問我在做什麼，我把何首烏豬尾湯拍給他看。

他說：「如果那時候改成豬尾湯就好了。」

那時候、這時候，如果人們都能理解愛，或許就不會有人受傷，我們也不用喝那麼可怕的雞爪湯。

絲瓜炒蛤蠣

傅瑜執導《我們的青春，在臺灣》上映的時候，我約了幾個當年一起參與運動的朋友進戲院，不過五年，朋友們陸續結婚生子，現在他們都因孩子太年幼，婉拒了邀約。

我知道這些年他們雖然重心轉移到孩子身上，但依然關心著時政社會，現在，社會風雲變色，別於五年前，此刻最讓他們擔心的不再只有島嶼，還有更切身的——自己的小孩。

好像，成為爸媽後，在乎的對象、動機真的與一個人的時候不一樣。

但有時候那只是對象上的差異。因為一個人也一樣，年歲、生活型態、遭遇的事，也讓人不得不注意更多了。

譬如飲食、衛生，在我煮飯之後，開始對吃進去的東西小心翼翼，外食的時候也會想食物的來源，菜有沒有洗乾淨？盡是瑣瑣碎碎。

今天從市集買回一條絲瓜，小農說這是剛採收下來的，正新鮮。新鮮剛好是事物最美的時刻。我將絲瓜洗淨，去頭尾，削皮，切片。熱油鍋，入薑片，再放絲瓜拌炒，然後下蛤蠣，添些水，蓋上鍋蓋，等蛤蠣開。

一旁手機正響，姊妹淘來電。我一邊做菜，一邊聽她抱怨工作，這半年來她獨自力抗惡老闆，低調蒐證，找法扶，啃讀生硬的法條，奮力從老闆手中拿回應有的勞工權益。「臺灣有很多被壓榨的勞工，」她說：「但是大多數的勞工們不知道怎麼處理應對。」這個社會還有很多人需要幫助。

我問她要不要改去NGO團體工作。「我現在已經不是一個人了，」她說：「萬一對方對我先生、小孩下手怎麼辦？那都是軟肋。」我完全能理解，婚姻裡女人對於家庭的責任，她不可能如男人拋頭顱，她有包袱，有擔憂，很多時候在家庭關係裡，女人比男人承擔的責任還大。

我不得不承認自己終於走到這時刻，才五年，已經不一樣了。結伴在社會議題上橫衝的朋友雖然沒有離開，但不再那麼衝，他們放慢速度，學會停看聽。人生能走到那樣的階段，發現自己其實不再無敵，有軟肋。不知道是什麼樣的狀態？我只是聽，想像著，我沒有走到的階段。即使和那些朋友們步調出現差異，所幸頻率相通，面對社會各方問題，我們仍在同一條路上，用自己的方式去關懷內心還是滿足的。

蛤蠣都開好了，起鍋前加點鹽，稍稍拌一下便能盛盤上桌。柔軟的絲瓜配上微帶嚼勁的蛤蠣，鮮甜帶點微鹹，一直是我很喜歡的菜。不過才四月天，已經吃到今年第一口絲瓜，絲瓜出產的季節越來越早。

一切過得真快，夏天又要來了。

滷肉

中學時期，便當盒經常出現滷肉。不是因為愛吃，恰恰相反，我非常討厭滷肉。

媽媽是上班族，為了打發女兒的中午便當，她會在禮拜天滷一大鍋海帶豆干雞蛋五花肉，接下來整整一週都吃這鍋。第一天吃還不錯，第二天還勉強入口，第三天第四天，滷肉、雞蛋一天比一天硬，後來已經不知道那蒸到發黑的食物是什麼，木炭嗎？鐵蛋嗎？屢次向媽媽抗議，她總板起面孔訓斥我不懂得珍惜食物，無法體貼她不得不的懶。甚至，遇上她心情不好，噴薄出的怒意如撲滅不去的星火燎原，一山燒過一山，所有的負面情緒忽地洩在我身上。

如果那是種子，播進我心裡，已經長成一株歪曲的樹。離家念大學之後，將近十年吧，我無法吃滷肉，光聞到味道就皺眉作嘔，那麼嚴重的反應連自己也覺得不可思議。長大後細細分析拒斥滷肉的詭異情結，我想媽媽不曉得那對於還沒成熟的孩子已經是種創傷。我試著尋索創傷蔓延出的枝節，也約莫是那十年，我非常懼怕回家，舉凡長假前夕絕對噩夢連連。枝節岔出再岔出，過程像考古學者細刷輕輕刷出石塊上的骨痕，情感、事情、物品其實互為骨皮，且身姿巨大譬若恐龍。一直以來我不願意回顧、不想談、無法面對的，轉化到食物上，滷肉只是一種代換，載負下意識想逃避的記憶與人。

這幾年陸續發生一些事，不算太好，可是遭遇的年齡頗剛好，剛好有了反思的機會，也剛好是時機療傷。療傷並不是溫柔撫摸就沒事了，它有時粗暴，讓人痛，想放棄，我必須一次又一次壓著即將調頭的臉，用力轉回來。

想做滷肉。轉念之間。

五花肉切塊，入鍋子煎到輕微焦酥，再放切段的蔥、切片的薑。另起鍋子，放入方才微煎的食材，倒進醬油、米酒、水，淹過食材，再入少許冰糖。我沒有像媽媽一樣配上豆干海帶，而選擇了紅蘿蔔。紅蘿蔔滾刀切，放進鍋裡，再隨興撒些許薑黃粉，和五花肉一起小火滾煮半小時。

半小時左右，另一口瓦斯煮滾開水，下麵，撈出，換燙青江菜。最後麵條鋪上滷肉、紅蘿蔔和青菜。這樣的調性非記憶裡的中學便當，調整後，清爽度大增，滷肉沒有想像中油膩噁心。

我坐在桌前，夾青江菜，吃紅蘿蔔，吞麵條，刻意避掉滷肉。那是需要提醒的，硬著頭皮咬一口滷肉，皮Q肉軟，頗入味，滷肉沒那麼糟。

也許沒有什麼是真正糟糕的，糟的是沒有解決的那些，在漫長流歲裡想到就難過一遍。

慢慢吃，滷肉會吃完。慢慢處理，下個十年，我想重新地、好好地過。

親子丼

寒假去東京找姑姑，姑姑家在山上，沿途盡是陡坡，徒步下山、上山，搭公車、轉ＪＲ，再繼續走。我們每天走好幾公里的路，不到一週，好像把三個月的運動量都集滿。傍晚我們提著大包小包搭ＪＲ返回姑姑居住的町田市，走在街頭，許多餐廳，但茫然不知道要吃什麼。正好前方街邊有間兩層樓、占地面積頗大的餐館，這幾天經過店門口好多次了，去吃看看吧。

進去之後，氛圍有些說不出來的怪。環顧客滿的一樓，他們的穿著不似一般上班族。男男女女眼神迷茫，酒喝太多了，菸抽太凶了。服務員見我們，一會說沒位子，一會又說可以上二樓，但要限時。我們面面相覷，只是實在好餓，沒多想，很快答應店員。

來到二樓，空間寬敞，邊角坐了幾桌人，像日劇裡會出現的中年大叔、熟女、青春少女，他們各自點著串烤配啤酒，男人女人手叼香菸，把密閉空間熏上一層厚重刺鼻的氣味。我在旁邊偷看，他們大概不是來吃飽的，是來說話的，吃得那麼少又那麼慢。

瀏覽菜單，主要是串燒與啤酒，感覺是個吃不飽的地方，要臨時更換餐廳嗎？偏偏腳痠肚餓，想動也動不了。我們看了許久，點了比較像晚餐的親子丼。小時候覺得親子丼這個詞很可愛，像爸爸媽媽帶著小孩。後來我才知道，親子丼是雞肉與雞蛋的組合，這道料理把雞家族全殺了，好像滿殘忍的。但肚子很餓的時候，憐憫心會變得薄弱，甚而消失。

好死不死店的出餐速度慢，旁邊的人喝完半杯酒後，說話開始大聲。「我們趕快吃完趕快離開。」姑姑這麼說。我突然覺得有點恐怖，好像隨時這群人都會發酒瘋，把桌掀了，掏出槍來射殺旁人。

戰戰兢兢等候親子丼。

大碗的丼飯，現場只有我們兩個女生吃。當大家都吃精緻小巧的串烤時，整間店怪的反而是我們。不管了，速速扒一口吃，出乎我們意料，六分熟的蛋配上肉質鮮嫩的雞丁，醬料恰到好處的鹹，白飯也Q，是為上乘。太驚豔了，我們吃到忘記周圍那些人，忘記越來越厚重的菸層。等到離開店，我們才感覺頭暈。

回臺灣竟念念不忘那味道，在網路上搜尋食譜，依樣畫葫蘆。

將雞腿肉帶皮那面放進熱鍋，煎到微酥脆後取出，切丁。另起一鍋，倒入高湯與醬油。高湯可用蝦殼或雞骨，配上紅蘿蔔、洋蔥、芹菜熬煮一小時左右。洋蔥切片，蔥白切段，入鍋中，煮軟食材，再下雞丁，雞丁未熟那面朝下。等候滾熟，一旁打兩顆雞蛋，攪拌幾下蛋汁，碗口就著筷子，先讓沉重的蛋白滑墜下去，蛋白均勻分散，第二次將剩餘的汁液淋在蛋白上，小火煮到蛋白凝固，就完成了。

父親知道姑姑與我進去那個對他來說不太正經的地方，臉色倏忽一暗，放聲開罵。父親不知道有時候危險的地方反而令人機警，危險也不那麼危險。

我吞下自己做的親子丼，無論是味道、口感都與那間餐廳差太多了。暗自決定下次赴東京要偷偷去那間店。那是父親永遠無法懂得的，太過小心翼翼的人很容易錯失美好的事物。

慶幸當初一時冒失。

如果我們沒進去，那就只是一間店而已。

空心菜炒牛肉

「你買牛肉喔，對自己那麼好！」朋友看我買了牛肉回來，高聲嚷嚷。

採買的人都曉得，肉價最貴者為海鮮為牛肉，最便宜則豬肉。開始做飯以來，我最常買豬肉，廚藝進階後，才敢買稍貴一些的雞肉。這回哪根筋不對，忽然大膽起來，跑去買了牛肉絲。老闆娘切一點點上秤子，竟要價六十塊，比豬肉貴了近三倍。

同為窮人的朋友高嚷「那麼好」，意思絕非是「牛肉好營養，你吃好好」，而是「牛肉那麼貴，你竟然吃那麼好」。真的，牛肉好貴，我好寵溺自己。

走進廚房，原想做蔥爆牛肉絲，但忘記買蔥，冰箱倒有一把空心菜，炒個空心菜牛肉絲應該不賴。牛肉絲淋上米酒、醬油和少許太白粉，醃個十來分鐘；將切段去籽的辣椒撒進熱油鍋，爆香後放牛肉絲，炒至五分熟，下空心菜，炒熟後，加點鹽巴就能起鍋了。

爽脆的空心菜配上軟嫩的牛肉，還有辣椒提味，口感層次豐富。只是掐算花費，暑假沒有上課沒有薪水，兼任大學老師還是必須撙節。

第一次有意識踏進窮人圈圈裡，是在C大的頭一學期。確知考上後，我立刻寫信應徵系上老師助理，由於不是該校畢業生，老師都不認識我，他們多半找自己的研究生，所以婉拒了。信一封一封寄，終於有老師回應，卻要我靜候消息。一個月、兩個月，暑假將過，再寫信給那位老師詢問狀況，老師消失般沒有回音。一週兩週，開學了，怎麼辦？後來我直接找到老師本人，老師說：「已經沒有缺額囉。」為什麼不早說呢？「沒關係，這學期你可以好好念書。」老師或許是個幸運的人吧，這輩子沒有受過錢的折磨，不曉得窮學生困擾：那即是想好好念書，但沒有收入，縱然有心讀，也什麼都沒有。大概只有貧窮才會清楚先後次序，是先有生活，才有讀書，才有其他。

找到工作之前，我每天焦慮查看各大就職網。做擅長的文科補習或是家教吧，但時間點不對，缺額已滿，已經向隅。等，焦慮地等，一直到十月下旬，朋友傳訊來，轉知有學校老師請產假，臨時需要代課老師，可惜地點在暖暖。暖暖就暖暖，只要有工作，只要人到得了，哪怕上班位置多遠。我二話不說接下。有工作實在開心。

接歸接，距離領薪水的日子還有一段。臺北物價高，我把過去賺來的錢幾乎用罄。那段日子，每天吃著便宜但菜面浮薄油的自助餐，吃到厭膩噁心。某回代課學校的老師送我蘋果，捨不得吃光，擱上幾天，等到要吃，發現一小區已霉爛，雖然理智曉得應該整顆廢棄，但丟掉可惜，我已經好久沒有吃蘋果了。看著蘋果許久，吃與不吃來回拉拔，反覆拉鋸的其實也非吃不吃如此純粹的問題，還牽涉著吃背後，貧窮的本質。

鄭清文小說寫一戶貧困人家，平常節衣縮食，唯獨拜拜時買了塊肉，那塊肉母親一直捨不得煮，就算要煮也是小心翼翼般切一丁點肉下來，豈料肉放久了竟生蛆。棄之可惜，母親最後把長蛆的部分切除，剩餘照樣煮成一道菜，全家也不在乎，吃得好開心。

最後，我決定削去霉爛處，一小瓣一小瓣地切，每切去一些內心萬分不捨。人窮到極致，對待霉爛都那麼卑躬屈膝。切著削著，直到看不見霉爛為止，才誠惶誠恐吞下另外半邊蘋果。

一個月後，拿到薪水，我狠狠發誓：再也不要過那樣的日子！

真的，再也不要。

我吃著空心菜炒牛肉，在心內握拳吶喊。

海鮮白酒義大利麵

宇文正的《微鹽年代》靈巧將料理鑲入一段人情故事，是最近嗜讀的極短篇小說。

其中我很喜歡〈天使不流淚〉，寫單親媽媽戀上在美國有家庭的理科先生，某次她做了「天使蝦白酒義大利細扁麵」，只因愛海鮮的他想吃義大利麵。她故意在西式料理放了臺式口味的九層塔，好讓他記得臺灣，想到她。可是，那樣的心機在後來的日子裡證實只是惘然，他沒有因為她的費心而改變什麼。

帶著微微遺憾，接續瀏覽小說後方附上的食譜，蝦子、九層塔、義大利麵與白酒，家裡剛好都有。正在傷腦筋晚餐吃什麼的我，此文剛好給了方向，就煮義大利麵吧。

瓦斯爐開一鍋滾水煮麵，一鍋煎蝦。煮這道料理最要留意火候和時間。中小火煮麵九分鐘。大火煎蝦正反面各兩分鐘，下一杯白酒，小火煮五分鐘。這頭把煎好的蝦子、湯汁分開盛放，那頭也能撈起義大利麵。然後重起新的油鍋，小火炒九層塔、辣椒，別於書裡的做法，我還放了幾顆蛤蠣，才倒回蝦湯汁和義大利麵。等蛤蠣開，讓鮮味入湯汁，麵收汁後，起鍋，擺上蝦子。

都等到麵上桌，感覺手指有點癢。我細看發癢的食指，大概是剛剛洗蝦時不小心被蝦頭戳刺。區區小傷不打算護理，但癢卻從皮層底端一波一波沁出，很難不注意患處。下意識搔了幾下，偏偏怎麼搔都搔不到癢的核心，僅孤懸上緣，直要拿手指沖冷水，才稍稍緩解。

我的手很容易受傷，傷處也容易像過敏那樣發癢，抓幾下就紅腫。

寫論文的時候，我著迷於手作，這段時期的手最醜。我的手頗笨拙，三兩下就弄傷自己，皮膚經常掛著黑黑的結痂，像補過丁的破衣服。傷歸傷，或許是撰寫論文的過程太耗損，會忽然很想做一些與研究不相干的事，把自己暫時拋離高壓狀態，最好大腦能休息片刻，脫離凡常。手作是個選項。

開始先是報名皮革班，坐在教室跟著老師縫鉛筆盒。片刻裡人可以什麼都不想，心無旁騖，專注把兩片皮革縫緊，只要對待眼前物、只要好好活在這個時段就好，不用在意等下這個作品會不會被老師、同學或是誰批評和質疑，就是純粹自己與物的關係，完成就完成，自己覺得好就好，乾乾脆脆，又很療癒，一次就愛上。

接續做幾樣手作品後，嫌不過癮，假託佳節或生日為由，跑去敲個收納木盒送老師，縫個小零錢包給朋友。那陣子剛好遇上喜歡的人生日，我注意到他經常帶了鑰匙，忘記帶錢，決定做一款能同時收納兩者的鑰匙包當禮物。

喜歡的人是左撇子，為了讓他開闔方便，鑰匙包開口必須與右撇子相反。

右撇子的我對於反過來的一切、陡然生疏起來，縫拉鍊時尤其不順手，兩三下線卡住了，頻頻向老師求救，老師細膩抽線、拔針，讓我重新縫，這個小鑰匙包縫得特別久，經常走一步退三步。當然不盡然是反方向問題，也可能自己太在乎，分神想著鑰匙包給對方時要說什麼？他會喜歡嗎？還是？放風箏一樣，思緒越飄越遠。喚醒我回到現實的是一陣刺。

低頭，針刺破指尖，傷口微微冒出鮮血。但從底層湧上的先是癢，隨後才離析出一點痛感。我忍不住抓了幾下，傷口紅了一圈。

坐在桌前，檯燈從左前方照在手上的皮革，鄰座的學生與老師嘻嘻哈哈交談，我在角落靜靜用衛生紙擦去血痕，當作若無其事繼續縫。撐到離開教室才翻看手指，傷處腫了一小圈。

後來禮物送出去了。喜歡的人說聲謝謝後，直接收進包包，不曾拿出來過。那舉措，我很快就懂。

好像，我也不會改變過喜歡的人什麼。

現在被蝦刺傷是因為自己，不是別人，也很好。我沖洗完傷口，回到桌前，剝起蝦殼。啊，不曉得小說裡的單親媽媽也剝蝦殼給理科先生嗎？他會感動嗎？喜歡的人啊，你們要怎麼樣才會感動呢？

想了也是白想。現在的我很清楚，有些浪漫的事，過了年紀就再也做不出來了。

松阪豬佐莎莎醬

姑姑連續打了幾通 skype 過來，很少看她這麼焦急找我。不知道發生什麼事了？回撥過去，姑姑立刻接起，在那頭大喊：「我把我家微波爐弄爆炸啦！」

是這樣的。中午，姑姑從冰箱拿出昨日烤好的松阪豬，連著保鮮膜一起放進微波爐。以往只要按三分鐘的時間，她按到六分鐘，人就退到一旁做其他事情。

超過三分鐘，微波爐發出凶猛撞擊聲。她走到廚房，燈火中只見那個包了保鮮膜的瓷碗在微波爐內飛上飛下、左彈右彈。撞擊聲還驚動了在房間裡的姑丈，他也奔出來到廚房。

夫妻倆迅速按下暫停鍵，打開微波爐門，眼見用了十餘年的微波爐被炸破一個大洞，但是包了保鮮膜瓷碗依然好好的！

這不是日本保鮮膜的推銷文。我要說的是碗裡面的松阪豬。

這道松阪豬佐莎莎醬是上次去日本時，我教姑姑的。

松阪豬乾煎到兩面酥，配上爽口的莎莎醬，能緩解豬肉的油膩，這道料理最適合悶滯的夏天。

做法不難，將牛番茄與洋蔥切丁，香菜切末，辣椒去籽切末，放進保鮮盒內，淋上檸檬汁，灑點鹽巴和胡椒，扣緊盒蓋，用力搖晃保鮮盒，待番茄出水後，放進冰箱，三四小時之後就能食用。

姑姑自行變化，切了橘子丁入莎莎醬，據說味道還不錯。

姑姑家的小庭院種了一株橘子樹，每年橘子熟成，喜鵲、白頭翁都飛來吃。

我問姑姑：「要像農夫那樣在果實外頭罩上一層袋子嗎？」「當然不用，幹麼幫橘子穿衣服？」姑姑說，有一年趁著橘子轉紅、小鳥還沒覺察時，她立刻採收。不知情的小鳥像算妥時間如期飛來，發現樹上一顆橘子也沒有，只好飛走。

姑丈看到了，不動聲色開車下山，去超市買回一袋橘子，獨自爬上梯子，一顆一顆把橘子插回樹上。

姑姑覺得他瘋了。但姑丈堅持：「人不應該跟鳥計較，樹種在外面，本來就該分享給牠們，何況鳥吃的只占全橘子裡一小部分。大家都是互相的。」

於是姑姑再不曾提早採收橘子，鳥要吃就讓牠吃吧。人有選擇，大不了去超市買，可是鳥錯過了，就真的沒橘子了。

冬季橘子，夏日芒果，近日市面已開始出現芒果，夏天的莎莎醬加芒果也別具風味。

抵達市集時，北城開始下雨。那種雨滂沱得儘管人已縮進傘底，依舊無法倖免。幾步路鞋子濕，裙襬濕，背也濕，厚重的泥濘感真不舒服，情緒也被淋得毛毛躁躁。煩，看什麼都煩。最煩的是，我還在小農市集，冒雨穿梭幾個面積不大的遮雨棚，邊走，一手得護住購物袋，一邊還要提防行人的傘。

我窩在遮雨棚邊角，低頭挑選莎莎醬需要的材料。小農老闆熱情，以雨天為話題向我寒暄幾句。原以為她會抱怨壞天氣讓人潮減少，但沒有，而是告訴我：「雨天也好，這樣可以滋潤菜跟米。世界上很多東西都是相對的。」有人受益，有人不便，大自然相生相長，只要在合理範圍，像淋濕這類小事情，根本沒什麼好厭煩的。我看著她，半晌答不出話來。

是不是種東西的人們都會變成哲學家？

那我，也去種點東西好了。

蚵仔煎

每隔一段時間，我會莫名想吃蚵仔煎。

蚵仔煎在新竹很常見。這座有海港的城市裡，市區如城隍廟廟口、北門街，靠港口的南寮漁港等等皆能找到。有時候家裡沒煮飯，又不知道吃什麼的時候，父親總會說：「那吃蚵仔煎吧。」他騎車到城隍廟，回來時不只買了蚵仔煎，還順便攜回羹湯和蚵仔嗲。後兩者是父親從小愛吃的，他時常吃一口蚵仔嗲，配搭一段小時候的事。在那個貧窮的年代，只有廟會的時候，長輩給錢，他才能買蚵仔嗲和羹湯。有時候錢沒那麼多，還要很不好意思地問老闆羹湯能不能買半碗。吃是件奢侈的事。可是現在，沒有買半碗這回事，蚵仔嗲也只賣十塊錢。換個時代，同樣的東西忽然不那麼珍貴。

因為不貴，父親經常失控買很多，多到沒有人有餘裕再吞下一個蚵仔嗲、一碗湯。勸父親下回別買那麼多了，他會嘟起嘴巴說：「我愛吃啊！」食物合拍對味是一回事，我常想可能是以往那種得來不易的感覺正在脫殼，小時候他一定沒想過有天愛吃的小東西不再昂貴，買十個蚵仔嗲、十碗羹湯也不覺得心痛，連吃都不再奢侈。太長一段時間被壓抑的欲望、貧窮的恐懼陡然反撲，吃不是最重要的，買成為宣洩閘口。剋扣自己越凶猛，反撲越強大。

有陣子，臺灣爆出毒蚵仔事件，地點就在新竹香山。大家人心惶惶，有關蚵仔的生意全部下滑。

但還是有想吃蚵仔煎的時候。為了食安，父親決定自己做。這是他第一次下廚。記得食物端上桌，我們爭先吃起來，一口就覺得驚豔，完全不輸外面賣的。父親滿有掌廚天分，他說見攤販煮幾次，就曉得怎麼做。不過，食安風暴過去，父親又繼續騎車回到城隍廟，甚且再沒做過蚵仔煎。

後來我來到臺北，這座水城似乎不興蚵仔煎。每次問人，多答不出來。所幸學校附近有賣。有段時間，我總到那間沒有招牌、店面破爛如廢墟的小店報到。後來老闆看到我，不待我開口，搶著答：「蚵仔煎！」我只要點頭就好。

搬離學校，不曉得去哪裡買蚵仔煎，決定自己試做。

父親說海鮮一定要上市場買，超市的沒有市場新鮮肥美。買回的蚵仔先用熱水川燙，濾去雜質。蚵仔遇熱會萎縮，略略燙一下就好。第一次川燙時，我刻意讓蚵仔在熱水待久一點，原想這也許能洗得更乾淨，但蚵仔縮的速度快得令人措手不及，等我察覺，速速撈起的蚵仔已從大拇指般大小縮成不到二分之一，直嘆可惜。

處理過的蚵仔下油鍋，再徐徐倒入粉漿。粉漿約一匙太白粉、兩匙地瓜粉，和些開水即成。待鍋中粉漿變成透明狀，接著打入蛋液，加小白菜，蓋上鍋蓋，燜煎兩分鐘左右。時間到，開鍋蓋，將蚵仔煎翻面續煎兩分鐘，盛盤後再淋醬汁。

自己做的蚵仔煎料放太多，幾乎是外面賣的兩倍，蚵仔煎身材臃腫走樣。截下一角入口，好像吃不太到粉煎，都是蛋和白菜，味道也偏淡。說不上很好吃，只能確定很營養。

都怪對自己太過慷慨了，忘記所謂「好」往往不是豪邁，是節制。懂得拿捏分量比例，剛剛好最難。尤其面對自己的時候。

番茄炒蛋

超市賣的往往超出一人料理的分量，這回又逢番茄買一送一、雞蛋特價，明明只要一顆番茄、兩顆雞蛋的，現在得加倍扛回兩大包番茄、十顆雞蛋，想不到反被食材綁架。所幸番茄與雞蛋不難處理，它們甚至可以組合成菜。我拿剩餘的食材試做了一盤番茄炒蛋。

這道菜最怕番茄出水，讓炒蛋變得糊糊的。所以番茄切丁，炒出茄紅素便可取出。再將打好的蛋汁倒進油鍋，半熟後重新入番茄，最後加點鹽巴、醬油、高湯與勾芡。配料有點繁複，越家常的，越在乎細節。

初做的番茄炒蛋竟不壞，也好配飯，連續煮了幾天。朋友問我不會膩嗎？

她是無法重複吃同一樣食物的人，連續一餐都不行，縱使是喜歡的、好吃的，毫無例外。

這也不是說我能無限制的愛番茄炒蛋，而是還沒有吃到膩，至於膩的邊界在哪，我不清楚，只知道有一刻忽然就嚥不下。

曾經有陣子我家的餐桌每天都有番茄炒蛋。

好像是因為母親第一次將番茄炒蛋端上桌的時候，無論是鮮麗的配色，還是細綿的蛋、鹹中帶酸甜的豐富味道，令我們瘋狂搶食。不知道是誰脫口一句「好好吃喔」，從此每天都有番茄炒蛋。可是好吃的東西也會如此，吃著吃著就膩了。接下來幾天，番茄炒蛋剩下來的越來越多，後來誰也不想把筷子插往那盤菜。母親眉頭一鎖，抱怨著：「你們不是喜歡吃？我這麼辛苦煮給你們，竟然沒人吃……」無心埋怨成為我們的壓力，就像長輩經常掛在嘴邊的「為你好」，潛藏著情緒勒索。

華人世界裡，長輩對孩子的愛與付出很幽微，他們不太懂得表達愛，說不出口，又忸怩，只能變質成各種奇異的方式，譬如吃，毫無節制地煮你愛吃的食物；又譬如買，滿足你想要的一切。這些狂潮般的愛鋪天蓋地，一旦被拒絕，等於全盤否定滿滿的付出與愛，於是怨懟生。

我極度敏感也害怕母親以愛相逼，她會無限渲染被拒絕的感受，甚至控制不了情緒，轉為恨。長長的青春期，為了這種綠豆小事，只要不順她意便故意用錢來報復，譬如不幫我繳學費，不給我必要繳交的書錢、班費；私下跑去向親族、鄰居、同事抱怨我如何壞、如何忤逆，讓大家看我的眼神帶著詭異。很多時候我納悶：我只是個孩子，為什麼要因為拒絕大人而被一群大人霸凌？

看清母親的問題，我一直提醒自己不能跟她一樣，絕對不可以，尤其當我面對孩子的時候。

大學時，我曾在一間補習班教作文，對象是國小孩童。某次，全班正認真寫作文，幾個頑劣男孩一直騷擾前排女孩，出聲制止幾次，男孩依然故我。我把吵鬧的人叫到教室外面，關上門後，大聲開罵，原本應該嚇阻即止，但那天哪根筋不對竟潰堤，「我這麼認真教，爸媽辛苦賺錢讓你來學，大人都在為你好，你怎麼可以……」脫口瞬間，我後悔了，而最讓我驚訝的是，當自己越想抵制某樣性格，那性格越是幽魂般出現在意識鬆懈的時候。

我很挫敗。學期結束果斷辭去那份工作。

愛與生俱有，但表達愛的方式通常耳濡目染，大人怎麼對你，你怎麼對別人，孕在潛意識裡。

正當我自覺因為愛吃而煮了第三天的番茄炒蛋，好像還是用這種奇怪的方式愛自己，只是沒有拒絕而已。

青椒炒肉絲

今天炒菜異常安靜。

昨日還好好的抽油煙機忽然壞了，難以知曉是哪個時刻、發生了什麼，就不一樣了。

沒有抽風聲響，一切太過靜寂，反顯得鍋中動靜特別清晰，在流理臺旁處理下一道料理時，不必看，用聽的，就夠了。以至於切菜時，耿耿於心的不是菜，是與煮飯無關的事。

出書之後，我開始有了採訪作家的機會。能夠在作家面前，親耳聽他們說故事，真是太好不過了。但我有個罩門，很害怕很害怕跟陌生人說話，尤其當我知道對方是赫赫有名的物大人時，絕非戰戰兢兢四個字能完全概括。工作要接嗎？不接嗎？每次都說服自己要邁出去才有機會長大，邁出去後，又頻頻怪罪太過魯莽，因為不善說話的我經常讓訪談變成一場僵硬的對答，不夠柔軟，不夠自在。

那是截至目前最糟糕的一次採訪。對方是個受訪經驗豐富的前輩，才剛坐定，我連問題都沒提，她已進入狀況，就著前一日傳給她的訪綱開始侃侃回應。那幾乎不太需要我多說什麼，像船一路前行滑溜過水面，我只要聽，低頭筆記。但那似乎不是訪談，比較像單口獨唱。在話題結束前，不在預期之內，我轉頭看了旁邊陪同的主編，小聲詢問：「你還有要問的嗎？」這舉措似乎太唐突，主編與前輩忽然面露錯愕。他們的錯愕，讓我不安起來。對，一切都是我的問題，不應該這樣收場，最起碼自己先結尾，然後再轉頭詢問主編，才是正常程序，我跳過該有的步驟，不在一般邏輯裡，顯得失禮。

算是解圍吧，主編趕緊介紹帶來的小禮盒。前輩客氣詢問要不要吃的時候，我太慌張又太害羞了，不曉得怎麼回應較好，忙不迭搖手，說：「你們吃你們吃。」對方臉色微微一黯，那細微的變化，令我不安，怎麼辦，又錯了，又失禮了，如果可以，真想一槍斃了自己。寒暄幾句，對方客氣送我們離開辦公室，應該要乘機說點什麼，也許彌補一下剛剛的失禮，腦袋卻一片空白，我一再回頭向對方道謝，如機器人，設定了，就只會這句話，再沒有別的了。

離開時，前輩再沒多說什麼，只是拍拍我的肩膀。什麼意思呢？也許沒什麼意思，但好希望有什麼意思，哪怕是責備，又或者是安慰。

後來我不曾接過主編遞來的採訪工作，前輩也轉為冷淡，變質了。

唯一沒變的是，我按著昨日擬妥的菜單，炒青椒肉絲。肉絲入醬油、米酒、太白粉抓醃。靜置數分鐘後，放進熱油鍋裡。將肉翻炒至變色後撈起，改入已切成絲的青椒，炒至九分熟後，肉絲重新放回鍋裡，待食物皆熟，擱點鹽巴，就能起鍋了，做法簡單。

可惜人生不是青椒炒肉絲。

香煎鮭魚排

入境臺灣後，在轉盤等行李，由於來得早，無聊地左顧右盼，看向對面戴大墨鏡的纖纖男子，男子一身黑衣黑褲黑帽，皮膚白皙，高聳細尖鼻在錐子臉中央隆起，小巧的嘴唇緊掩，在白日光燈管下，像座石膏蠟像。那氣勢完全不似路人，細看許久，終於辨識出來，是昔日影劇紅星汪東城！我看著他們的行李轉盤靠近，纖瘦的汪東城扛起眼前大紙箱、幾個笨重行李箱後，迅雷般離開了。

汪東城都離開好久，我的行李箱還沒有來。不久，同行夥伴一個一個取得行李開心回家，我的依然沒有來。好不容易遠方行李出口處推出一只玫瑰金行李箱，我一眼就認出是自己的，而後頭另只一模一樣玫瑰金的行李箱緊緊相隨，遠遠看十分難辨。我在對岸痴痴等。

玫瑰金行李箱終於要轉來了。箱子前面緊連一塊立牌，寫著：「請不要拿錯行李箱」。當然，就像媽媽不會抱錯自己小孩一樣。我走近準備取下，發現這只行李箱的提把綁了兩個黃色繩結，不是我的。剛剛在旁邊的另一個玫瑰金行李箱呢？也許不是我的吧。

繼續等，等到行李出口處再也吐不出半只行李箱，而那個綁著黃繩結的玫瑰金行李箱還在旋轉盤上盤了幾圈，心裡大概曉得一二。那個立牌與做了記號的玫瑰金行李箱是世界上最諷刺的組合。我迅速回頭請機場人員幫忙。

機場人員用盡渾身解數，低頭查出行李箱的主人，一面廣播，一面搜檢主人的電話號碼，一面又透過監視畫面尋找主人蹤跡，專業度媲美FBI抓嫌犯。最後機場人員告訴我行李箱主人的國籍，從監視器畫面顯示那人已搭計程車離開，「相信他今天晚上就會發現拿錯行李箱。送回的話，最慢應該是明天吧。」然後，人員仔細把所有提取行李的資訊說解一遍。

我雙手空空，領著提單離開。返家路上，在擁擠的捷運車廂把最壞的想過一遍，行李箱如果徹底失蹤，放在裡頭的衣服不見了，那再買就好。盥洗用品、保養品不見了，再買就好。書不見了，再買就好。整個行李箱不過是我的身外之物，不影響回家，不影響工作與生活。到了這個年紀，慢慢能釐清什麼是重要的，什麼是次要的。那麼行李箱消失也不用太擔心，反正裡頭的東西都是可以被取代的。說不定東西不見，我又能有理由買新的，衣服換新的，保養品換個之前就想買的牌子，這樣東西不見好像也挺不賴的。

我決定在返家前去趟超市，氣定神閒地買妥一禮拜的食物，包括想吃的鮭魚排、小松菜、甜椒、蘋果和法國麵包。提了兩大個牛皮紙袋離開，好像這個禮拜的旅行都是假的，我只去趟超市，不過是這次的消費時間比較久而已。

回到家，開心在廚房煎鮭魚排。熱鍋不放油，撒進黑胡椒，將魚排放入黑胡椒處，乾煎至酥脆，翻面前撒上黑胡椒粉，才將魚翻面，一樣乾煎至酥脆。起鍋後，淋點檸檬汁。

不久手機響，那個拿錯行李箱的主人總算發現，他請計程車司機將行李箱送到家裡。烏龍落幕。但是也把剛剛的幻想泡泡，一個一個都戳破了。

家常小炒

「你來香港一定要去深水埗，全香港大概只剩那裡最本土，還能見證老香港。」

二〇一五年我初抵香港，行李剛放妥，立刻動身到深水埗。剛出地鐵站，招牌急急從兩側樓伸長跳到眼前來，密密麻麻，眼花撩亂。日正落，人立在坡上的美荷樓向下望，灰暗色調的大片老樓、寬闊街道全沐浴在夕陽中，稀稀落落的老人緩步走過。這裡沒有中環光鮮，被視為舊區的深水埗，是香港最窮困的地方。現在反成為道地的香港代表，本土、老香港，竟在窮困中留守下來，形成一種弔詭的時差狀態。

眼前素樸低調的空間，很難想像曾經暴烈地存在著。

一九四九年大遷徙，一批人從中國逃往臺灣，一批人南來香港。這群南來的人們在一九五六年雙十節那天，於樓房掛上中華民國國旗慶祝，美荷樓也懸掛長約六層樓的旗幟，寫著「中華民國萬萬歲」。太敏感了，旗幟遭人強行拆除，南來移民者憤而走上街頭抗議。英軍大規模逮捕民眾，並施行戒嚴。

我想像那群胸中有國旗、有認同的人，在異域抑鬱的生活，好不容易有個日子能釋放情感、拴開氣壓，卻被人赫然制止，內心積鬱已水流磅礴，再也無法接納任何阻擋，終於忍不住孤擲地反身突圍。

大批警察進駐深水埗，對峙著走在街的另一頭的人民。

昨日香港，今日香港。

二〇二〇我攤開《蘋果日報》，大篇幅報導警民衝突。我辨認出深水埗的街衢，相片裡飄出一抹煙硝氣息，那或許是戰爭了。我一度錯以為五年前走在深水埗的時日，是夾在抗議與抗議之間，一個鎏金時代即將消逝的時刻。

我闔上報紙。

深吸一口氣，踱步到廚房。將昨天沒吃完的滷肉豆干切片，玉米筍去殼對切，芹菜、玉米筍切與豆干差不多大小。炒熟玉米筍，放入滷肉豆干與芹菜，炒熟後淋上醬油。

我夾食一口，肉變得更軟嫩，配上清脆的玉米筍和芹菜，消解滷肉的油膩，也中和口感，味道不差。食物只要運用合宜，無論是不是隔夜，都能成為好菜。

無論是誰，都應該被好好對待。

味噌魚湯

廚房的流理臺有大片玻璃窗，立在流理臺前做事時，從窗戶望出去，沒有大樓遮掩的藍天，極為舒心。通常與我共賞美景的，就屬室友養的貓咪阿雞師。

白天，家裡只剩我和阿雞師。我們多半在各自的地盤做自己的事，無人的廚房歸阿雞師，牠飛躍上流理臺，跳到窗邊貪看風景，一看就是一個早晨。直至中午，我到廚房，牠才跳離，把主導權讓出。

阿雞師在一旁伸長脖子，抖動小鼻子，拚命嗅著水盆裡的菜肉氣息。牠對海鮮特別感興趣，常趁我轉頭時，把手探進水盆裡，把正在吐沙的蛤蠣嚇得蚌殼緊閉；偶爾低頭叼走碗裡的柴魚片，飛奔到角落吃食；抑或現在，牠緊盯我的手搓洗刺人的魚頭，然後冷不防伸手抓一把。

擔心貓咪爪子再度襲來，我趕緊將洗淨的魚頭放進熱水川燙。貓咪怕燙，不敢靠近，立在遠方凝望，久了自知無趣，很快跑到別處。

這時我慢條斯理夾出魚頭，瀝去髒水。重滾一鍋開水。而另一爐開火炒薑片、洋蔥丁，直待香味飄出後熄火，炒好的料理隨魚頭一併撥入那口滾水的鍋裡，熬煮三十分鐘。

熱水一點一點熟進皮肉，熟的氣息爭先恐後從鍋蓋氣孔噴洩，整個廚房都氤氳著魚味。阿雞師再次從遠方奔來，在灶臺下臥坐成人面獅身獸的模樣。難道牠也懂吃？

阿雞師出身流浪貓，半年前牠尚幼小，穿行馬路時，不小心遭車撞擊，頭骨碎裂，一度命危，被人緊急送入醫院救治，漸漸好轉，所幸小貓復原力佳，很快又活蹦亂跳，只是從此留下頭骨錯位與視力不良的後遺症。

身體復原，小貓重返街頭。繼續一段流浪時間，在街頭與動保協會那頭兜兜轉轉，終於被室友領養回來。這隻黃白相間的可愛小貓很快適應新生活，過去的創傷似乎不曾真正動搖、扭曲牠的個性，每天開開心心，無論人們怎麼逗弄，小傢伙不曾動口傷人。「牠的脾氣很好。」室友摸著阿雞師的背脊，驕傲地說。

其實剛搬來的時候，我曾與阿雞師有過一段磨合。因讀不懂牠的愛憎和習癖，不理解牠發出的訊號。每次牠進來房間，跳入衣櫥，總被我粗暴抱離。都忘記牠不過是想要一處避難所。某天阿雞師生氣了，怒咬我後扭過頭，不理我。寵物也需要溝通和教導，和人一樣。但我不明白。

三十分鐘過去，我打開鍋蓋，魚皮已經徹底融進湯裡，形成濃濁的白色。我在湯裡放入味噌，微煮一下，撒上蔥花。

我迫不及待取一勺飲，湯頭香醇濃郁，又有蔥花解膩，忍不住一口接續一口。阿雞師見狀，跳上椅子，仰頭看我、看魚。牠也許懂得吃。

我摸摸牠的頭，那錯位的頭骨，像海岸線陡然浮突的礁岩。牠真的都遺忘了嗎？

大概吧。我忘了說，阿雞師生氣那天，我拿著牠最愛的餅乾賠罪。隔天，牠主動來找我，說了好多話，然後又開始靠近我了。我想牠原諒了吧。

那麼對於過去，牠是遺忘，還是原諒呢，只能確定能在痛處開出花來的，就是天使。

炒透抽

前陣子接獲一封邀稿信，要我談談文學的想像與感受。接到這封信的時候我剛要步入市場，市場的電動門在乖隔一個手臂的地方，門後殺雞宰牛買賣叫囂多麼庸俗，反突顯眼前那封信安靜澄澈得像仙境。門內門外，我就站在那條檻上，檻的一端是天上，一端在凡間。這麼想的時候忽然很想笑，就是文學和現實的距離啊。

暫先關掉那封信，在市場不談文學。我快步穿越電動門，低頭闖過叫賣聲，走到熟悉的攤位。老闆一眼識出熟客，立刻從攤子裡走出，招呼著：「今天透抽很不錯喔，要不要買回去試試？」沒煮過透抽，我有點猶豫。老闆秒懂客人的顧慮，像個武功蓋世的高手隨意點撥幾招料理方法：「很簡單啦，你熱水燙一下，沾沙拉，當涼拌就很好吃了。或者加點蔥、辣椒炒一炒，也不錯。」聽起來不難，姑且試試吧。

老闆幫我從冰櫃挑了一隻透抽，往磅秤上一丟，報價完，取至砧板上處理，我看著他俐落去除透明隔膜，洗淨，在肉上畫了幾刀。一旁學徒聽看老闆的動作，對於偶爾幾句提醒點點頭。

啊，就是這個，新手的羞澀感。

那時候我也是如此，收到老字號出版社的回信，告訴我願意出版作品，問有沒有意願到出版社聊聊。真的假的!?信看了好幾遍，偏偏周邊沒有什麼寫作朋友，無人能討論，自己戰戰兢兢擬稿回信，在稱謂就卡關，要怎麼稱對方才合宜?不知道，一律客客氣氣用您。與出版社魚雁往返幾回，敲定碰面時間。

按著信上給的地址，折繞巷弄間，在轉角忽然遇到了出版社招牌。那是第一次離文學那麼近，近到手在發抖，連呼吸都與往常不同。深呼吸，穩住自己，我撥了電話給編輯。不久，出版社的大門扭開，女子一身黑色紅花紋洋裝，紮著公主頭，在文學那岸向我招手。

我們在辦公室邊角的沙發上，總編輯水藍色 T-Shirt、米色褲子坐在我的正對面，聊著作品與出版。想找誰寫推薦序呢？有認識的作家嗎？坦白說，我毫無概念，也不認識誰，開不出什麼人選。我已經忘記總編輯聽完後臉上的表情，或者我根本沒有看，太害怕了，視線只敢在脖子以下，盯到對方發涼，伸出手來壓了壓胸口，我才緊急抬頭。

那天還說了什麼？我不復記憶，倒是在離開前，總編輯提了一個問題：「你除了要出版的作品，還有其他的嗎？」有的有的。她點點頭，講了一段我始終謹記的話，大意是說出書不該只是把寫過的作品散漫集結，應要為了一本書發想、撰寫。

我參著這段話，在每次寫字的時候。

寫了幾年，慢慢曉得一些道理。著書是現階段對世界的疑問，然後專心一意回答，不管答得如何，總歸是成長的切片，社會的斷面，而讀者從文字得到一點什麼，跟著轉動了。那麼無意識的寫作是素人，他們可以是獎金獵手，以高額獎金溫飽生活，但唯有有意識的書寫才是創作者，因為寫作必須為自己、為讀者負責。

我把透抽帶回家，按著老闆指示，蔥蒜辣椒爆香，撥入透抽，再加些米酒、醬油和少許的糖，翻炒幾下，透抽遇熱捲縮，刻痕反讓肉身如花。這才曉得老闆為什麼要在透抽身上切痕。

書出版以後，仍不知道自己寫的是好是壞，第一本書不成熟是一回事，但能寫嗎？要繼續寫嗎？寫到什麼時候？什麼時候自己也能像透抽，把背上的刻痕熟成一朵花？

流浪巢間帶 / 徐禎苓著 . -- 初版 . -- 臺北市：時報文化出版企業股份有限公司 , 2021.02 296 面 ; 14.8x21 公分 . -- (新人間叢書 ;316)
ISBN 978-957-13-8570-9 (平裝)
863.55　　110000188

新人間叢書 316

流浪巢間帶

作者　徐禎苓
主編　羅珊珊
責任編輯　蔡佩錦
校對　江淑霞 蔡佩錦 徐禎苓
內頁排版繪圖　朱疋
封面設計　朱疋
行銷企劃　吳儒芳

總編輯　胡金倫
董事長　趙政岷
出版者　時報文化出版企業股份有限公司
108019 臺北市和平西路三段 240 號四樓
發行專線　02-2306-6842
讀者服務專線　0800-231-705・02-2304-7103
讀者服務傳真　02-2304-6858
郵撥　19344724 時報文化出版公司
信箱　10899 臺北華江橋郵局第 99 信箱
時報悅讀網　www.readingtimes.com.tw
思潮線臉書　https://www.facebook.com/trendage
法律顧問　理律法律事務所 陳長文律師、李念祖律師
印刷　紘億印刷有限公司
初版一刷　2021 年 2 月 26 日
定價　400 元

ISBN 978-957-13-8570-9
Printed in Taiwan
本書獲 109 年文化部 文化部 MINISTRY OF CULTURE 青年創作補助